鳥羽 亮

剣《けん》客《かく》旗《はた》本《もと》春《しゅん》秋《じゅう》譚《たん》

虎狼《ころう》斬り

実業之日本社

実業之日本社文庫

剣客旗本春秋譚　虎狼斬り　目次

寛永寺
車坂町
山下
廣徳寺
東本願寺
浅草寺
上野
三枚橋
下谷
浅草
吾妻橋
並木町
下谷長者町
御徒町通り
駒形町
北本所
番場町
諏訪町
青井市之介の屋敷
日光街道
下谷練塀小路
石原町
糸川俊太郎の屋敷
森田町
佐々野彦次郎の屋敷
伊庭道場
瓦町
御竹蔵
神田佐久間町
福井町
茅町
賀島屋
本所
新シ橋
岩本町
和泉橋
柳原通り
浅草御門
亀沢町
豊島町
柳橋
両国広小路
亀戸
両国橋
回向院
松坂町
竪川
紺野町
岩井町
馬喰町
奥州街道
米沢町
元町
一ツ目橋
相生町
横山町
二ツ目橋
平永町
緑橋
薬研堀
亀井町
橋町
日本橋
汐見橋
栄橋
千鳥橋
田所町
久松町
大川
道浄橋
大伝馬町
富沢町
高砂橋
本石町
新材木町
高砂町
小川橋
伊勢町
堀江町
新大橋
親父橋
室町
組合橋
浜町
浜町堀
小名木川
日本橋
小網町
荒布橋
江戸橋
南茅場町
行徳河岸
深川
上ノ橋
楓川
八丁堀
永代橋
今川町
仙台堀
佐賀町
白魚橋
稲荷橋
亀久橋
油堀
山本町
門前仲町
富ヶ岡八幡宮
佃島
汐見橋
入船町

剣客旗本春秋譚
虎狼斬り
江戸地図
前田家上屋敷
不忍池
池之端仲町
下谷広小路
湯島切通町
湯島天神
菊坂町
本郷
湯島
同朋町
中山道
下谷御成街道
水道橋
神田明神
湯島聖堂
神田川
金沢町
駿河台
昌平橋
筋違御門
小川町
小柳町
須田町
神田多町
中山道
大草主計の屋敷
神田
神田鍋町
一ツ橋御門
本町
江戸城
呉服橋
四谷御門
麹町
半蔵御門
桜田御門
赤坂御門
京橋
紀伊国橋
山下御門
山下町
山城河岸
東海道
三十間堀
新シ橋
木挽橋
木挽町
図版作成／ジェオ

〈主な登場人物〉

青井市之介……二百石の非役の旗本。青井家の当主
おみつ……市之介の新妻。糸川の妹
つる……市之介の母。御側衆大草与左衛門（故人）の娘
茂吉……青井家の中間
大草主計《かずえ》……市之介の伯父。御目付。千石の旗本
小出孫右衛門……大草家に仕える用人
糸川俊太郎……御徒目付。市之介の朋友
佐々野彦次郎……御小人目付から御徒目付に栄進。糸川の配下
佳乃……佐々野の妻。市之介の妹

第一章　辻斬り

1

大川《おおかわ》の流れの音が、轟々《ごうごう》と響いていた。

月光に照らされた川面《かわも》は、無数の波の起伏を刻みながら新大橋《しんおおはし》の彼方の夜陰のなかに飲み込まれていく。

六ツ半（午後七時）ごろだった。大川端沿いの道を、ふたりの男が歩いていた。

そこは、両国広小路《りょうごくひろこうじ》に近い薬研堀《やげんぼり》にかかる元柳橋《もとやなぎ》の近くである。

すでに、辺りは夜陰につつまれていたが、遅くまで働いた出職の職人や酔客などが通りかかる。

「旦那、辻斬りが出るのは、この辺りと聞いてやす」

岡っ引きの元吉《もときち》が言った。

「それらしい人影はないな」

林崎泉之介《はやしざきせんのすけ》が、周囲に目を配りながら言った。林崎は、北町奉行所の定廻《じょうまわ》り同心だった。

手先の元吉から、この辺りに辻斬りが出て、柳橋や薬研堀沿いにある料理屋や料理茶屋で遊んだ帰りの酔客を狙って襲い、金品を奪うと聞いていた。それで、様子を見に来たのである。

林崎は、羽織袴姿だった。遠目にもそれと分かる八丁堀《はっちょうぼり》同心ふうの格好をしていなかった。林崎は剣の遣《つか》い手で、己の腕に自信があった。それで、辻斬りが姿を見せたら、峰打ちで仕留めて捕らえるつもりだった。相手が複数だったら、元吉に呼び子を吹かせる手もある。羽織袴姿で来たのは、八丁堀同心と知れないためである。

「まだ、すこし早《はえ》えかもしれやせん」

元吉が、辺りに目をやって言った。

「姿を見せるのは、五ツ（午後八時）ごろかな」

「そうかもしれねえ」

「すこし様子をみるか」

林崎は、大川の岸際で枝葉を茂らせていた柳の樹陰に身を寄せた。元吉も、林崎のそばに来て、大川端沿いの道に目をやっている。

ふたりが岸際の柳の樹陰に身を隠し、半刻（一時間）ほど経ったろうか。辻斬りらしい男は姿を見せなかった。

林崎が諦めて、住居のある八丁堀へ帰ろうと思い、柳の樹陰から通りへ出ようとした。

そのとき、元吉が、

「だ、旦那、辻斬りかもしれねえ」

と声をつまらせて言い、薬研堀沿いの道を指差した。

見ると、牢人体の大柄な武士がひとり、大川端の方へ歩いてくる。闇に溶ける茶の小袖を着流し、大刀を一本落とし差しにしていた。

いや、ひとりではない。別の武士が、通り沿いの店の軒下の闇をたどるようにして大川端の方へ出てくる。この武士は、痩身だった。小袖に袴姿で、大小を帯びている。

「辻斬りらしいな」

林崎が、大柄な武士を見すえて言った。近付いてくるもうひとりの武士に、気付いていない。

「どうしやす」

元吉が訊《き》いた。

「捕らえる！　相手はひとりだ」

林崎は、大柄な武士が大川沿いの道に出るのを待って、その場から飛び出した。つづいて、元吉も林崎の後から通りに走り出た。

大柄な武士は、林崎と元吉の姿を目にして足をとめた。だが、その場から逃げようとしなかった。大柄な武士は、林崎の前に立ったまま口許に薄笑いを浮かべている。

林崎は刀の柄《つか》に右手を添え、

「八丁堀の者だ。一緒に来てもらう」

と、大柄な武士を見すえて言った。

「ふたりだけか」

大柄な武士は口許に薄笑いを浮かべていたが、目は笑っていなかった。夜陰のなかで、双眸《そうぼう》が獲物を狙う獣のようにうすく光っている。

「神妙にしろ！」

元吉が声を上げ、手にした十手を武士にむけた。

「やるしかないようだ」

言いざま、大柄な武士が抜刀した。

すかさず、林崎も刀を抜いた。ふたりの刀身が、夜陰のなかに青白く光った。

林崎と大柄な武士が、二間半ほどの間合をとって対峙《たいじ》したとき、大柄な武士の背後から走り寄る足音が聞こえた。

瘦身で小袖に袴姿の武士が走り寄り、林崎の左手にまわった。そして、刀の柄に右手を添え、抜刀体勢をとった。

「仲間がいたか！」

林崎は、身を引きながら声を上げた。

「は、八丁堀の旦那に、手を出す気か！」

元吉が、声をつまらせて言った。手にした十手が震えている。

「ふたりとも、おれたちが、あの世へ送ってやる」

大柄な武士は、手にした刀を青眼《せいがん》に構え、切っ先を林崎にむけた。腰の据《す》わった隙のない構えである。

……遣い手だ！

林崎が、胸の内で声を上げた。青眼に構えた刀の切っ先が、小刻みに震えている。気の昂《たかぶ》りのせいで、刀の柄を握った両腕に力が入り過ぎているのだ。

もうひとり、瘦身の武士は元吉の前にまわり込み、刀の切っ先をむけた。元吉は十手を手にしたまま後じさり、岸際近くまで追い詰められた。

これを横目で見た林崎が、

「呼び子を吹け！」

と、叫んだ。

元吉は左手にまわり込むようにして、瘦身の武士から離れると、左手を懐に突っ込んで呼び子を取り出した。

元吉は呼び子をくわえ、顎を突き出すようにして呼び子を吹こうとした。

そのとき、瘦身の武士が素早い動きで踏み込み、鋭い気合とともに袈裟《けさ》に斬り込んだ。一瞬の動きである。

ザクリ、と元吉の首から胸にかけて裂けた。その傷口から、血が噴出した。出血が激しい。切っ先が、心ノ臓までとどいたのかもしれない。

元吉は血を撒《ま》きながらよろめき、足が止まると腰から崩れるように倒れた。地面に俯《うつぶ》せに倒れた元吉は、首を擡《もた》げようともしなかった。傷口から流れ出た血が、赤い布を広げるように地面を染めていく。

このとき、林崎は目の端で元吉が斬られたのを見て、青眼に構えたまま後じさった。大柄な武士との間合を大きくとってから、反転して逃げようとした。

「逃がさぬ！」

大柄な武士は、素早い動きで林崎との間合をつめてきた。

林崎は大川の岸が背後に迫っているのに気付き、反転しざま、
イヤアッ！

と、裂帛《れっぱく》の気合を発して斬り込んだ。

袈裟へ——。

だが、踏み込みはわずかだった。林崎は大柄な武士に身を引かせて、逃げようとしたのだ。

大柄な武士は身を引かず、逆に一歩右手に踏み込みながら、鋭い気合とともに下から斜《はす》に斬り上げた。素早い動きである。

その切っ先が、林崎の首をとらえた。

林崎の首が傾《かし》ぎ、血が激しく飛び散った。首の血管《ちくだ》を斬られたらしい。林崎は

悲鳴も呻《うめ》き声もあげなかった。その場に転倒すると、仰臥《ぎょうが》したまま動かなかった。夜陰のなかで、四肢が痙攣《けいれん》している。

「どうする」

瘦身の武士が、倒れている林崎と元吉に目をやって訊いた。

「放っておけ。町方も岡っ引きも、金など持っていまい」

大柄な武士は、倒れている林崎の袖で、手にした刀の血を拭い取ってから納刀した。

瘦身の武士も元吉の袖で刀身の血を拭い、ゆっくりと刀身を鞘に納めた。

「今夜は、引き上げるか」

大柄な武士が、瘦身の武士に声をかけた。

ふたりの武士は、その場から離れた。遠方で、通りすがりの者たちが見ていたが、ふたりの武士が近付いてくると、慌ててその場から逃げ散った。

2

青井市之介《あおいいちのすけ》は障子をあけて縁側に出ると、アアアッと声を上げ、両手を突き上げて伸びをした。

その声に驚いたのか、庭の梅の木にいた二羽の雀《すずめ》が、青空のなかを屋敷の屋根の方へ飛び去った。

五ツ（午前八時）ごろだった。上空には、澄んだ秋空がひろがっている。市之介は朝餉《あさげ》を済ませた後、ひとり縁側に出て庭を眺めていたのだ。

市之介は二十代後半だったが、仕事も出かける当てもなく、屋敷でくすぶっていることが多かった。市之介は二百石の旗本の当主だったが、非役だったために仕事がなかったのだ。

いっときすると、市之介は縁側に立って庭を眺めているのにも飽き、

……おみつに、茶を淹《い》れてもらうか。

と、つぶやいて、座敷にもどった。

おみつは、市之介の新妻だった。ふたりが一緒になって、まだ一年の余しか経っていない。ふたりの間には、まだ子供もいなかった。そのせいか、おみつにはまだ娘らしさが残っている。

市之介が座敷にもどって間もなく、廊下をせわしそうに歩く足音がした。おみつらしい。

足音は座敷の障子の前でとまり、

「旦那さま、お茶がはいりましたよ」

と、おみつの声が聞こえた。

通常、旗本は殿さまと呼ばれるが、市之介はおみつといっしょになった当初から、殿さまではなく、旦那さまと呼ぶように話した。二百石で非役の旗本の自分は、殿さまと呼ばれるような身ではない、と思っていたからだ。

「入ってくれ」

市之介が声をかけると、すぐに障子があいた。おみつは、湯飲みをのせた盆を手にしていた。

「おみつ、すまんな」

市之介が声をかけると、おみつはしずしずと座敷に入ってきて、市之介のそばに座し、

「お茶がはいりました」

と、改めて言い、座している市之介の膝先に湯飲みを置いた。

おみつは、うりざね顔の美人だった。二十歳になっていたが、新妻らしさが残っている。

「今日も、いい日和ですね」

おみつが、庭に面した障子に目をやって言った。障子の下の方が、朝日に照らされて白く輝いている。

「そうだな」

市之介は湯飲みに手を伸ばして茶を飲んでから、

「母上は、どうしている」

と、小声で訊いた。

「奥の座敷で、休んでおられます」

「そうか。朝餉のときに、熱っぽいと口にしていたからな。大事をとって、休んでいるのだろう」

「お医者さまに、診てもらわなくていいですか」

おみつが、心配そうな顔をして訊いた。

「なに、二、三日すれば、治る。それにな、母上はやることがなくて暇なのだ。一眠りする口実かもしれん」

市之介が、苦笑いを浮かべて言った。

つるは、四十代後半だった。五年ほど前、夫の四郎兵衛《しろべえ》が亡くなり、その後、つるは寡婦《かふ》として暮らしている。

半年ほど前まで、市之介の妹の佳乃《よしの》も一緒に暮らしていたが、佳乃は御徒目付《おかちめつけ》の佐々野彦次郎《ささのひこじろう》に嫁いだのだ。

青井家は、市之介、おみつ、つるの三人家族である。市之介は、女ふたりと屋敷内に籠って過ごすのは退屈で仕方がなかった。そうかといって、遊び歩くわけにもいかない。青井家は二百石の旗本だが、内証《ないしょう》は苦しかったのだ。

青井家には、中間《ちゅうげん》の茂吉《もきち》、飯炊きの五平《ごへい》、それに通いのお春《はる》がいたが、五平とお春は、屋敷の裏手の台所にいることが多かった。旗本といっても、奉公人の人数は御家人と変らない。

市之介がおみつと話しながら茶を飲んでいたとき、縁先に小走りに近寄ってくる足音がした。

「だれか、来たらしい」

市之介は、立ち上がった。おみつは座敷に残って、市之介の背に目をやっている。

市之介は障子をあけて、縁側に出た。見ると、茂吉が慌てた様子で縁側の方に近付いてくる。

「だ、旦那さま、大変《てえへん》だ！」

茂吉は、市之介を見るなり声を上げた。

「茂吉、どうした」

市之介が訊いた。

茂吉は五十過ぎだった。短軀で猪首《いくび》。顔が大きく、ゲジゲジ眉で厚い唇をしている。悪党らしい面構《つらがま》えだが、心根は優しかった。お節介で、何にでも口を出す。それに、おっちょこちょいなところがあった。

「や、殺《や》られやした」

茂吉が言った。

「だれが、殺られたのだ」

「八丁堀の旦那が、殺られやした」

「同心か」

「へい、定廻りの旦那だそうで……。一緒にいた御用聞きも、殺られたようですぜ」

「そうか」

市之介は、気のない声で言った。胸の内には、大きな事件だという思いもあったが、市之介には、かかわりのないことである。

「旦那、行きやしょう」

茂吉が、身を乗り出すようにして言った。

「おれには、かかわりがないな」

市之介は暇潰しに出かけてもいいと思ったが、茂吉といっしょに現場へ駆け付ける気にはなれなかった。

3

市之介がその場につっ立っていると、

「糸川《いとかわ》さまも、行きやした」

茂吉が、さらに声を上げた。

糸川俊太郎《しゅんたろう》は御徒目付だった。御徒目付は御目付の配下で、主に御目見《おめみえ》以下の幕臣を監察糾弾《きゅうだん》する役である。

したがって、糸川は下手人が幕臣であれば探索にあたり、自分たちの手で捕らえねばならない場合もある。

糸川はおみつの兄であり、市之介の朋友《ほうゆう》でもあった。市之介は、これまで何度も糸川とともに事件の探索に当たったことがある。

「おれも、行ってみるか」

市之介は、いい退屈凌《しの》ぎになると思った。

「場所はどこだ」

市之介が訊いた。

「薬研堀近くの大川端と聞きやした」

「それほど遠くないな。……茂吉、玄関で待て」

「へい！」

茂吉は、玄関の方へ小走りにむかった。

市之介が障子をあけると、座敷にいたおみつが立ち上がり、

「旦那さま、お出かけですか」

と、不安そうな顔をして訊いた。縁側にいた市之介と茂吉のやりとりが聞こえたのだろう。

「事件が、あったらしい。糸川も行っているらしいのでな。おれも、顔を出してみる」

市之介は座敷の刀掛けに置いてあった大小を手にし、廊下に出て玄関にむかった。おみつが、不安そうな顔をして後ろからついてくる。

市之介は玄関の前で足をとめ、

「おみつ、案ずるな。現場を見るだけで帰ってくる」

そう言い残し、玄関から外に出た。

市之介が屋敷の前の通りに出ると、

「旦那、こっちでさァ」

玄関の脇で待っていた茂吉が先にたち、屋敷の前の道を南にむかった。市之介は、茂吉につづいた。

青井家の屋敷は、下谷《したや》練塀小路《ねりべいこうじ》の近くにあった。御家人や旗本の屋敷のつづく通りを南にむかえば、神田川《かんだがわ》にかかる和泉橋《いずみばし》の近くに出られる。和泉橋を渡った先が、柳原通《やなぎわらどお》りだった。

市之介と茂吉は柳原通りを東に向い、賑やかな両国広小路を経て大川端に出た。さらに川下に向うと、前方に薬研堀にかかる元柳橋が見えてきた。

「旦那、あそこですぜ」

茂吉が前方を指差した。

元柳橋のたもと近くに、大勢の人だかりができていた。通りすがりの者が多いようだが、八丁堀同心や岡っ引きらしい男の姿もあった。八丁堀の同心が殺されたと耳にして、駆け付けたのだろう。

「糸川さまですぜ」

茂吉が、人だかりを指差して言った。

見ると、大勢の人が集まっているなかに、糸川の姿があった。八丁堀同心や岡っ引きたちも集まっている。

人だかりは、別の場所にもあった。八丁堀同心と岡っ引きはすこし離れた場所で殺され、それぞれの場所に、町方や野次馬たちが集まっているようだ。

市之介は、人だかりのなかにいる糸川に足をむけた。市之介が人だかりに近付くと、野次馬や岡っ引きたちが慌てて身を引いた。手先らしい男を連れていた市之介のことを、火盗改《かとうあらため》とでも思ったのかもしれない。

「ここへ」

糸川が手を上げた。

市之介が糸川に身を寄せると、

「殺された北町奉行所の同心、林崎泉之介どのだ」

糸川が、声をひそめて言った。

市之介は、仰臥している死体に目をやった。首が傾ぎ、辺りに飛び散った血が、どす黒く変色している。

「首を、一太刀か。下手人は、腕のたつ武士らしい」

市之介が、死体の首に目をやって言った。

死体の首に、刀傷の痕があった。激しく飛び散っている血は、首の血管を斬られたせいであろう。

市之介は刀傷を見ただけで、斬った者の腕のほどが分かる。市之介は心形刀流《しんぎょうとうりゅう》の遣い手だった。少年のころから、下谷御徒町《おかちまち》にあった伊庭軍兵衛《いばぐんべえ》の剣術道場に通ったのだが、今は道場に稽古に行くこともない。

「下手人は、腕がたつとみていいな」

糸川も剣の遣い手だったので、死体の首の傷を見て、下手人は剣の遣い手とみたようだ。

「幕臣かもしれぬ」

市之介は下手人が牢人であっても、幕臣と何かかかわりがあるとみた。渡世人や江戸詰の藩士とは思えなかったのである。

市之介と糸川はいっとき死体を見てから、人だかりを離れた。そこへ、佐々野彦次郎が駆け付けた。

佐々野はまだ若く、御徒目付になって間がなかった。その前は、御徒目付の配下の御小人目付だったのだ。

「佐々野、死体《ほとけ》を見てきてくれ」

糸川が声をかけた。

すぐに、佐々野はその場を離れ、人だかりのなかほどに入った。そして、いっときすると、市之介たちのそばに戻ってきた。

「殺されているのは、町人です」

佐々野が、昂った声で言った。

「もうひとりも、見てみるか」

市之介が、大川の岸際近くに足をむけた。

そこにも、人だかりができていた。ただ、林崎の死体のまわりより、人数がすくなかった。それに、八丁堀同心の姿もなかった。

市之介たちは、野次馬たちを分けるようにして地面に横たわっている男に近付いた。すると、死体のそばにいた何人かの岡っ引きが、腰を上げて身を引いた。市之介たちを見て、その場をあけたらしい。

男がひとり、俯せに倒れていた。死体の首のあたりの地面が、流れ出た血で赭《あか》黒《ぐろ》く染まっている。

「この男は」

市之介が、近くに立っていた御用聞きらしい男に目をやって訊いた。

「御用聞きの元吉でさァ」

男が、肩を落として言った。仲間の御用聞きが殺されたせいであろう。

「元吉は何を探っていたか、知っているか」

市之介が、男に近付いて訊いた。

「辻斬りを探っていたと、聞いたことがありやす」

「そうか」

どうやら、元吉は探っていた辻斬りの返り討ちにあったようだ。殺された同心の林崎もそうだろう。ふたりは、この近くに辻斬りの捕縛に来て襲われたとみていいようだ。

4

市之介、茂吉、糸川、佐々野の四人は、人だかりからすこし離れた大川端に集まった。茂吉だけは、市之介の背後に控えている。

「おれたちも、辻斬りを探ってみるか」

市之介が、糸川と佐々野に目をやって訊いた。

「林崎どのと元吉を殺した下手人は、ひとりではなく、ふたり以上いたとみました」

と、佐々野が言った。

「おれもそうだ」

市之介が言うと、糸川がうなずいた。

「この辺りで、辻斬りをしていたのだろうな」

「柳橋や薬研堀沿いにある料理屋や料理茶屋などで遊んだ金持ちが、通りかかるのを狙ったとみていい」

糸川が言った。

「殺された林崎どのは、手先の元吉を連れてこの辺りを探りに来て、返り討ちに遭ったのだろうな」

「それがしも、そうみました」

佐々野が、脇から口を挟んだ。

「いずれにしろ、この辺りを探ってみる必要があるな」

市之介が言った。

「手分けして、聞き込みに当たるか」

市之介が言うと、その場にいた三人がうなずいた。

市之介たちは、一刻(二時間)ほどしたら元柳橋のたもとに集まることにして、その場で別れた。

ひとりになった市之介は、薬研堀沿いの道に入った。思ったより、人通りが多かった。行き交う人のなかに、武士の姿もあったが、商家の旦那ふうの男や芸者らしい女も目にとまった。遊び人らしい者の姿もある。

道沿いには、料理屋、料理茶屋、そば屋、一膳めし屋などの飲み食いできる店が並んでいた。

薬研堀は、柳橋に次いで老舗の料理屋や料理茶屋が多いことで知られていた。

賑やかな両国広小路が近く、そこから流れてくる客も多いらしい。

市之介は薬研堀沿いの道を歩きながら、話の聞けそうな店はないか探した。道沿いに並ぶ店に目をやりながら歩き、小体なそば屋を目にとめた。

……そばでも食いながら話を訊くか。

市之介は、胸の内でつぶやいた。

そば屋の暖簾《のれん》をくぐると、近くにいた小女《こおんな》が、

「いらっしゃい」

と声をかけ、市之介のそばに来た。

「おひとりですか」

小女が訊いた。

「そうだ」

「小上りに、どうぞ」

小女が、小上がりに手をむけて言った。

狭い土間の先が、小上りになっていた。その先に障子がたててあるので、そこは座敷になっているらしい。そば屋にしては珍しく、小料理屋を思わせるような造りである。上客が多いのだろう。

市之介は、小上がりの隅に腰を下ろした。小上がりには、職人ふうの男がふたりいた。黙ったまま、そばを手繰っている。おそらく、市之介が近くにいたので、話をやめたのだろう。

市之介は、そばだけ頼んだ。一杯やりたいところだが、ここで羽を伸ばしているわけにはいかない。

市之介は小女が出してくれた茶を飲みながら、そばが来るのを待った。その間に、ふたりの職人ふうの男はそばを食べ終え、銭を払って店から出ていった。

ふたりの男が店から出ていって間もなく、小女がそばを運んできた。

市之介は小女がそばを置くのを待ってから、

「ちと、訊きたいことがあるのだがな」

と、小声で言った。

「なんでしょうか」

小女は、戸惑うような顔をした。客と話しているわけには、いかないと思ったのかもしれない。

「元柳橋近くに、辻斬りが出るという噂を耳にしたことはないか」

市之介が、声をひそめて訊いた。

「あります」

小女も声をひそめた。

「実は、その辻斬りに町方が斬られたらしいのだ」

「し、知ってます。その話、お客さんがしてました」

小女が身を乗り出して言った。目に好奇の色がある。どうやら、こうした噂話が好きらしい。

「辻斬りは、ふたりいたらしいのだ」

市之介が言った。

「ふたりですか」

小女が、市之介に近付いた。

「そうらしい」

「こ、怖い……。わたし、暗くなってから、大川端の通りを歩くことがあるんです」

小女が身を震わせた。

「それで、辻斬りらしい武士が、この店に立ち寄ったことはないかな。着物に血が付いていたとか」

「気付いたことは、ありません」

「人を斬ったときのことを口にしたとか」

さらに、市之介が訊いた。

「聞いたこと、ないけど……」

小女は首を捻《ひね》った後、「店の旦那を呼んできましょうか」と、市之介を探るような目で見て訊いた。

「いい。おれの世間話に、手間を取らせることはできんからな」

市之介は断った。ふだん、店内の板場にいる店の親爺が、辻斬りのことを知っているとは思えなかったのだ。

5

市之介が集まる場所に決めておいた大川端にもどると、糸川と佐々野の姿はあったが、茂吉はまだだった。

市之介が先に、「おれは、事件にかかわったことは、何も聞けなかった」と言い、糸川と佐々野に目をやったとき、

「茂吉が来ました」

佐々野が、通りの先を指差して言った。見ると、茂吉が小走りにもどってくる。

茂吉は市之介たちのそばまで来ると、

「お、遅れちまって、申し訳ねえ」

肩で息をしながら言った。

「それで、何か知れたか」

市之介が茂吉に訊いた。

「知れやした。……夜鷹そば屋の親爺から、聞いたんですがね。親爺は、二度、大川端で、辻斬りらしいふたり連れの武士を見掛けたそうでさァ」

「見掛けた者が、いたか！」

市之介の声が、大きくなった。

「へい」

「それで、親爺はどんなことを話した」

「ふたりとも武士で、刀を差していたそうで」

「そのことは、分かっている」

市之介は、見たわけではないが、同心の林崎と岡っ引きの元吉が、刀で斬られたことは分かっていた。それも、腕のたつ者に斬られたのだ。そのことからみても、下手人は武士とみていい。

「二度とも、ふたりは薬研堀沿いの道から来たそうですぜ」

茂吉が言った。

「薬研堀からな」

市之介は、ふたりの武士の塒《ねぐら》は、薬研堀か、その先にあるのかもしれないと思った。

「他に、何か聞いたか」

「あっしが、親爺から聞いたのは、それだけでさァ」

茂吉が口をつぐんだ。

「糸川、佐々野、何か耳にしたことがあるか」

市之介が、ふたりに目をやって訊いた。

「辻斬りらしい男を見掛けた者はいたが、これといった話は聞けなかった」

糸川が、残念そうな顔をして言った。

「それがしも、これといったことは聞けなかったんですが……」

佐々野がそう前置きし、

「ふたりのうち、ひとりの名が知れました」

と、小声で言った。自信のなさそうな顔をしている。

「名が知れたか！」

市之介の声が、大きくなった。糸川と茂吉も、佐々野に目をむけた。

「それが、はっきりしないらしくて」

「話してくれ」

「大工が、一杯やった帰りに、大川端の道を通ったとき、前を歩いていたふたり連れの武士のひとりが一緒にいた武士に、サヤマと声をかけたらしいんです。ただ、大工もすこし酔っていたらしく、はっきりしないようです」

佐々野が、自信なさそうに言った。

「いずれ、はっきりするだろう」

そう言って、市之介は歩きだした。大川端の通りは人通りが多く、何人もで立っていると邪魔になるのだ。市之介の脇にいた三人が、ついてくる。

市之介、糸川、佐々野、茂吉の四人は、大川の橋のたもとまで来た。

そこは両国広小路で、江戸でも有数の盛り場だった。様々な身分の老若男女が、行き交っていた。小屋掛けの見世物小屋や水茶屋などもあり、客を呼ぶ物売りの声があちこちから聞こえてくる。

市之介たち四人は雑踏のなかを歩き、浅草御門《あさくさごもん》の前を過ぎて柳原通りに入った。

すると、行き交う人の姿が急にすくなくなった。

市之介たちが柳原通りをいっとき歩いたとき、

「腹がへったな。どこかで、そばでも食べないか」

歩きながら、糸川が言った。

「そうしやしょう」

茂吉が、身を乗り出して言った。

一緒に歩いていた市之介は、そばは食べてきた、と言えないので黙っていた。

「青井、そばでいいか」

糸川が訊いた。

「いい」

市之介が、小声で言った。胸の内で、「仕方ない、もう一度、そばを食おう」

とつぶやいた。

市之介たちは、そば屋を見つけながら歩いた。郡代屋敷の脇を通り過ぎ、さらに神田川にかかる新《あたら》シ橋の近くまで行ったが、道沿いにそば屋はなかった。

新シ橋のたもとを通り過ぎ、豊島町《としまちょう》一丁目まで来たとき、

「そこに、そば屋がありやす」

と、茂吉が通り沿いにあった店を指差して言った。店先の掛け看板に、「手打そば、滝口屋《たきぐちや》」と書いてあった。

「あの店に、入ろう」

糸川が言った。

滝口屋の前まで行くと、糸川が先にたって店に入った。

店内の土間に飯台が置かれ、四人の男がいた。四人とも、腰掛け代わりに置かれた空樽に腰を下ろしている。

土間の先の小上がりには、客の姿がなかった。

「いらっしゃい」

小女が声をかけた。

市之介が黙っていると、糸川が、

「そばでいいか」

と、その場にいた三人に声をかけた。

佐々野と茂吉はすぐに応えたが、市之介は黙ってうなずいた。

6

市之介たちが元柳橋のたもと近くに出かけた二日後の朝、糸川と佐々野が、青井家の屋敷に姿を見せた。

市之介は玄関先で、ふたりと顔を合わせるなり、

「ふたりとも、上れ。……糸川は、おみつと会っていくといい」

と言って、ふたりを屋敷に上げようとした。

「今日は、仕事で来たのでな。すぐにも、出かけたいのだ」

糸川が言うと、そばにいた佐々野もうなずいた。

「どこへ行く気だ」

市之介が訊いた。

「松沢屋《まつざわや》という呉服屋だ」

糸川が言った。

「盗賊でも、押し入ったのか」

「そうではない。目付筋の者から聞いたのだがな。昨年、薬研堀近くで松沢屋の

主人と手代が斬られて、金を奪われたそうだ」

　糸川が言った。

「それで」

　市之介は、話の先をうながした。

「聞いた話だが、襲ったのは、ふたりの武士らしい」

「林崎たちが殺られたのと、同じ筋か」

　市之介が、身を乗り出すようにして訊いた。

「そうらしい」

　糸川が言うと、

「松沢屋の主人は、斬り殺されたそうです。ただ、一緒にいた手代は、生き残ったようです」

　脇にいた佐々野が、口を挟んだ。

「すると、手代は、襲った賊を見ているのだな」

　市之介が、身を乗り出すようにして訊いた。

「そうです」

　佐々野が答えた。

「松沢屋は、どこにあるのだ」

「本石町二丁目《ほんごくちょう》らしい」

「行ってみるか」

市之介は、その気になった。本石町二丁目は、それほど遠方ではなかった。

「おみつに、話してくる」

市之介はそう言い置き、すぐに屋敷内にもどった。おみつと母親のつるに、屋敷を出るが、糸川と佐々野も一緒に行く、と知らせるのだ。ふたりとも、糸川と佐々野の名を出せば、事件の探索に行くとみて、引き止めないだろう。

市之介は女ふたりに、留守にするが、糸川と佐々野も一緒に行く、と話して玄関先にもどってきた。

「行こう」

市之介がふたりに声をかけ、玄関から通りに出た。そのとき、背後から走り寄る足音が聞こえた。

市之介が振り返ると、走ってくる茂吉の姿が見えた。さきほどまで、茂吉は庭の草取りをしていたのだ。おそらく、糸川と佐々野の声を聞いて、様子を見に来たのだろう。

市之介たちは路傍に足をとめ、茂吉が近付くのを待って、

「茂吉、そんなに急いでどこへ行くのだ」

市之介が、口許に薄笑いを浮かべて訊いた。

「だ、旦那たちこそ、あっしを残して、何処へ行くんで」

茂吉が、喘《あえ》ぎながら聞き返した。

「呉服屋だ」

市之介が言った。

「呉服を、買いに行くわけじゃァねえんでしょう」

「事件のことでな」

「あっしも、行きやす」

「庭の草取りは、いいのか」

「草取りは、いつでもできまさァ」

「それなら、一緒に来てくれ」

市之介は、茂吉に松沢屋の近くで聞き込みにあたらせようと思い、連れていくことにした。

「お供しやす」

茂吉が、声高に言った。庭の草取りより、市之介たちと一緒に出歩いていた方が気が晴れるのだろう。

市之介たち四人は、神田川にかかる和泉橋を渡って柳原通りに出ると、西に足をむけた。そして、筋違御門《すじかいごもん》の前を左手に折れて中山道に入った。

中山道を南にむかって歩き、本町に出た。そこは大きな通りが交差している場所で、左手には日光街道がつづいていた。右手が、本町二丁目の通りである。

市之介たちは、右手の通りに入った。通り沿いには商店が並び、なかでも呉服屋や両替屋などの大店《おおだな》が目についた。

「松沢屋だったな」

市之介たちは、通り沿いにある店に目をやりながら歩いた。

いっとき歩くと、通り沿いにある二階建ての大店が目にとまった。呉服屋らしい造りである。

「あの店だ」

市之介が、店を指差して言った。

店の脇の建看板に、「呉服物品々、松沢屋」と書いてある。繁盛している店らしく、客が頻繁に出入りしていた。

市之介は茂吉に身を寄せ、

「茂吉、頼みがある」

と、声をひそめて言った。

「何です」

茂吉が、目を光らせて訊いた。大事な仕事と思ったらしい。

「松沢屋の近くで、聞き込みにあたってくれないか。事件のことを知っている者が、いるかもしれぬ」

「任せてくだせえ」

茂吉が、胸を張って言った。

「通りすがりの客より、松沢屋の近所の店をまわった方がいいかもしれんぞ。大店ではなく、話の聞けそうな店を探して訊いてみてくれ」

「合点で！」

茂吉は、市之介のそばにいた糸川と佐々野に、目配せしてからその場を離れた。岡っ引きにでもなったような気になっている。

「さて、店に入って訊いてみるか」

市之介が、糸川たちに聞こえる声で言った。

7

市之介たちが松沢屋に入ると、土間の先が広い畳敷きの売り場になっていた。何人もの手代たちが、客を相手に反物を見せたり、算盤《そろばん》を弾いて値段を知らせたり、茶を飲みながら客と談笑したりしていた。丁稚たちは、反物や茶を運んだりしている。

売り場の奥に帳場格子があり、番頭が帳場机を前にして算盤を弾いていた。

市之介たちが土間に立っていると、手代が上り框《がまち》近くまで来て、

「いらっしゃいませ」

と、市之介たちに声をかけた。客と思ったらしい。

すると、糸川が手代に身を寄せ、

「おれたちは、目付筋の者でな。一年前のことで、訊きたいことがあるのだ」

と、声をひそめて言った。客たちに聞こえないように気を使ったらしい。

手代は驚いたような顔をし、

「御待ちください」

と、昂った声で言い、立ち上がって帳場にむかった。

手代は番頭になにやら話していたが、すぐに帳場を離れ、番頭とふたりで市之介たちのそばに来た。

番頭と手代は、上り框のそばに膝を折り、

「番頭の稲兵衛《とうべえ》でございます。どのような御用件でしょうか」

番頭が、市之介たちに目をむけて訊いた。

「一年前の事件のことで、訊きたいことがあるのだ。この店に、迷惑がかかるようなことはないから安心しろ」

糸川が言った。

すると、稲兵衛と手代の顔がやわらぎ、

「ここは客が出入りして、落ち着いてお話しできません。……どうぞ、お上りになってください」

と、稲兵衛が笑みを浮かべて言った。

稲兵衛は、市之介たち三人を帳場の奥の座敷に連れていった。そこは、上客と商談をする部屋らしく、座布団や莨盆《たばこぼん》などが置いてあった。

市之介たち三人が、座布団に腰を下ろすと、

「すぐに、主人を呼んでまいります」

稲兵衛はそう言い残し、そそくさと座敷から出ていった。

いっとき待つと、障子があいて、稲兵衛がふたりの男を連れてもどってきた。ひとりは羽織姿の三十がらみの男で、もうひとりは小袖に前掛け姿の手代らしい男だった。

番頭は連れてきたふたりが座るのを見てから、戸口近くに座した。

三十がらみの男が、

「てまえは、亡くなった甚兵衛《じんべえ》の長男で、店を継いだ吉之助《きちのすけ》でございます」

と言って、深々と頭を下げた。どうやら、吉之助が辻斬りに殺された主人の跡を継いだらしい。

つづいて、吉之助の脇に座った手代らしい男が、

「手代の与之吉《よのきち》です」

と、名乗った。

戸口近くにいた番頭が、「与之吉は、大川端で斬られたのですが、死なずに済んだのです」と、言い添えた。

そして、番頭は、「てまえは、店にもどらせていただきます」と言って、市之

介たちに頭を下げてから座敷を出ていった。

「大川端のどの辺りだ」

糸川が、与之吉に訊いた。

「も、元柳橋の近くです」

与之吉の声が震えた。襲ってきた辻斬りのことを思い出したらしい。

「何時ごろだ」

「五ツ（午後八時）を過ぎていたと思います。商いの相談のため、得意先と会った帰りです」

「襲ったのは、武士だな」

糸川が念を押すように訊いた。

「は、はい」

「ふたりか」

「いえ、三人いました」

「なに、三人だと！」

糸川が、驚いたような顔をして聞き返した。そばにいた市之介と佐々野も、息をつめて与之吉を見ている。

「三人とも、武士か」

糸川が念を押すように訊いた。

「そうです」

「うむ……」

糸川が、厳しい顔をして口をつぐんだ。

そのとき、黙って聞いていた市之介が、

「三人で、与之吉と主人だった甚兵衛を襲ったのか」

と、与之吉に目をやって訊いた。

「さ、三人で、三方から取り囲み……」

与之吉は、そう言った後、すこし間をとってから、「てまえと主人は、前に立ちふさがった武士に斬られました」と、言い添えた。

与之吉によると、甚兵衛は首を斬られ、その場で亡くなったという。一方、与之吉は、肩から胸にかけて斬られたが、皮肉を裂かれただけで何とか助かったという。

「てまえは、斬られた後、血塗《ちまみ》れになって道端に蹲《うずくま》っていました。そこへ、薬研堀の方から供を連れたお武家様が来たのです。……三人の武士は、お武家様たちを見ると、てまえをそのままにして逃げたのです」

与之吉が、蒼褪《あおざ》めた顔で言った。そのときの恐怖が、蘇ったらしい。

「与之吉たちを襲った三人の武士のことで、何か覚えていることがあるか」

市之介が訊いた。

「ひとりの武士の頬に、傷がありました」

「頬に傷があったのか」

市之介が、念を押すように訊いた。

「は、はい」

「深い傷か」

市之介が訊いた。

「いえ、わずかな傷です」

わずかな傷では、見逃すだろう、と市之介は思った。

「そうか」

「他に、何か訊くことがあるか」

市之介が、糸川と佐々野に目をやって訊いた。

ふたりは、ちいさく首を横に振った。

「手間を取らせたな。殺された甚兵衛のためにも、三人の武士は必ず捕らえる」

糸川はそう言ったが、武士である下手人を生きたまま捕らえるのは難しいので、斬殺することになりそうだ、と思った。

8

市之介は、自邸の庭に面した座敷で横になっていた。遅い朝餉の後、やることもないので、一眠りしようかと思ったのだ。

市之介が、うつらうつらし始めたときだった。廊下を忙《せわ》しそうに歩く足音が聞こえた。おみつらしい。

市之介は急いで身を起こすと、乱れた小袖の裾を直した。

障子が開き、おみつが顔を出した。

「何かあったのか」

市之介が訊いた。

「小出《こいで》さまが、お見えです」

おみつが、声をひそめて言った。

小出孫右衛門《まごえもん》は大草主計《おおくさかずえ》に仕える用人だった。主計は、市之介の母親のつるの兄である。

つると主計の父親の大草与左衛門《よざえもん》は、御側衆まで栄進した男である。御側衆の役高は五千石。つるが育ったころ、大草家は大身の旗本だった。つるは屋敷内で、何不自由なく暮らしていた。つるは浪費家で金に頓着しなかったが、子供のころ富裕な家で育てられたからである。

与左衛門が亡くなった後、大草家を継いだのは、つるの兄の主計で、いま御目付の要職にある。

御目付は旗本を監察糾弾する役だが、旗本以下を監察糾弾している徒目付や小人目付も支配している。したがって、御目付は幕臣全体に目を配っているといっても過言ではないだろう。

「小出どのは、母上と一緒か」

市之介が、小声で訊いた。

「そうです。義母上《ははうえ》と一緒に、客間におられます。旦那さまをお呼びするよう、義母上に言われて来たのです」

「すぐ、行く」

市之介は、小出が自分に会いに来たことは分かっていた。小出がひとりで来るときは、市之介に要件があることが多かったのだ。

市之介は、おみつと一緒に客間にむかった。客間の前まで行くと、小出とつるの話し声が聞こえた。つるは大草家にいるときから小出を知っていたので、久し振りで会うと話が弾むようだ。

「わたしは、これで」

おみつは市之介に小声で言って、客間の前から離れた。後は、市之介に任せるつもりなのだ。

市之介は障子をあけて客間に入り、母親のつるの脇に腰を下ろした。

「青井さま、お久し振りでございます」

小出が、笑みを浮かべて言った。

小出は還暦にちかい老齢だった。それでも矍鑠《かくしゃく》として、老いは感じさせなかった。大柄で赤ら顔、肌には艶があり、生気が漲《みなぎ》っている。

「伯父上は、息災かな」

市之介が訊いた。

「はい、お元気です。……青井さま、大草家に来ていただきたいのですが」

小出が、声をあらためて言った。

「伯父上は、屋敷におられるのか」

「おられます」

小出の話だと、大草は早目に下城し、屋敷で待っているはずだという。

「どうあっても、行かねば、ならんな」

市之介は、大草からの呼び出しがあれば、行くつもりでいたのだ。

「市之介、そのままの格好では駄目ですよ」

つるが、口を挟んだ。

「分かってます。着替えて、きますから」

市之介は、おみつに手伝ってもらい、羽織袴姿に着替えた。そして、おみつとつるに見送られ、小出とともに大草家にむかった。

大草家の屋敷は、神田小川町《おがわまち》にあった。

市之介と小出は、神田川沿いの道に出てから西にむかって昌平橋《しょうへいばし》を渡った。橋のたもとからすこし歩けば、大草家の屋敷の前に出られる。

大草家の屋敷は、千石の旗本にふさわしい門番所付きの長屋門を構えていた。

小出は門番に声をかけ、表門の脇のくぐりから屋敷内に入った。そして、市之介を庭に面した書院に案内した。そこは、大草が市之介と会うときに使われることが多かった。

「ここで、御待ちくだされ」

そう言い残し、小出は座敷から出ていった。

市之介は座敷で待ったが、なかなか大草は姿を見せなかった。その場に来て、小半刻（三十分）も経ったろうか。

廊下を忙しそうに歩く足音がし、障子があいて大草が姿を見せた。大草は小袖に角帯という寛《くつろ》いだ格好をしていた。下城してから、着替えたらしい。

「すまん。待たせたようだ」

そう言って、大草は市之介と対座した。

大草は五十がらみで、ほっそりした華奢な体軀《たいく》だった。つるに似ている。ただ、目にはやり手の御目付らしい鋭いひかりがあった。

「つるとおみつは、息災かな」

大草は、近ごろ嫁のおみつのことも訊くようになった。

「ふたりとも、息災です」

「結構なことだ」

大草はそう言って、笑みを浮かべた後、

「市之介に、頼みがあってな」

と、笑みを消して言った。

「何でしょうか」

「ちかごろ、薬研堀近くに辻斬りが出て、町人だけでなく武士も狙うと聞いたが、市之介は耳にしておるか」

大草が、市之介を見つめて訊いた。

「噂は耳にしております」

市之介は、現場に行ったことを口にしなかった。非役の者が、事件を勝手にかぎまわっていると、思われたくなかったからだ。

「それなら話は早い。辻斬りは、八丁堀の同心も手にかけたと聞いたが……」

「その噂も、聞きました」

「辻斬りは、渡世人や牢人ではなく、幕臣ではないかと言う者もいるようだが、そうなのか」

「幕臣の子弟や、非役の者がいるかもしれません」

市之介は、賊のなかに禄高の低い御家人もいるような気がした。

「糸川は、すでに探索にあたっていると耳にしているが、相手が武士で三人もいるとなると、厄介だな」

「はい」

「そこで、市之介に頼みがある」

「どのようなことでしょうか」

「市之介も、糸川たちとともに探索にあたってくれ」

大草が市之介を見つめて言った。

「それがしは非役で、目付筋の者ではございません」

市之介が、語気を強くして言った。簡単には、引き受けられなかった。相手は武士で、しかも三人もいるのだ。

「市之介には何度も話しているが、五百石ほどのお役につけるよう、いろいろ手を打っているのだが、なかなか難しい」

大草は、市之介に事件の探索を頼むとき、幕府の要職に就けるよう努力していることを口にすることが多かった。市之介が、要職に就くことを望んでいることを知っていたからだ。

市之介は顔をしかめた。どうせまた、口だけだと思ったからだ。

大草は苦笑いを浮かべ、

「しかたがない。また、手当を出そう」

と、市之介を見つめて言った。

「お手当て、ですか」

市之介は、表情をやわらげた。

「いつものとおり、百両出そう」

大草が言った。大草の胸の内には仕事の報酬というより、青井家の内証を気遣う気持ちもあるのだ。

「伯父上、糸川たちとともに今度の事件の探索にあたります」

そう言って、市之介は大草に頭を下げた。

「危ないことは、するな。……市之介にもしものことがあれば、つるとおみつに合わせる顔がないからな」

大草が苦笑いを浮かべて言った。

第二章　探索

1

チュン、チュン、と雀《すずめ》の鳴き声がした。障子のすぐ向うである。縁側の近くにいるらしい。

「いい日和ですねえ」

おみつが、秋の日差しを受けて白く輝いている障子に目をやって言った。

「どこかへ、出掛けたくなるような日だな」

市之介が、湯飲みを手にしたまま言った。

四ツ（午前十時）ごろだった。市之介は、座敷でおみつが淹《い》れてくれた茶を飲んでいたのだ。

「ねえ、浅草寺《せんそうじ》に、お参りにでもいきましょうか」

おみつが、身を乗り出すようにして言った。

「そうだな」

市之介は、おみつとつるを連れてお参りに行ってもいいと思った。お参りだけではすまず、帰りに料理屋にでも立ち寄ることになるだろうが、懐の心配はなかった。伯父の大草から百両もらったばかりなのだ。

そのとき、廊下を歩く足音がした。母親のつるである。市之介は、足音だけでつると分かる。

足音は障子の向うでとまり、「市之介、入りますよ」と、つるの声がした。

「入ってくれ」

市之介が声をかけた。

すぐに、障子があいてつるが姿を見せた。つるは、市之介のそばにおみつがいるのを見て、

「あら、わたし、邪魔かしら」

と、戸惑うような顔をして言った。

「おみつに、茶を淹れてもらったのだ」

市之介が言うと、

「義母上《ははうえ》の茶も、用意します」

おみつが、慌てて立ち上がろうとした。

「いいんですよ。いま、茶を飲んだばかりだから」

つるは、そう言った後、「おみつ、そこに座っててておくれ。三人で、お話ししましょう」とおっとりした声で言い添えた。

「おみつ、浅草寺の話を母上にもしてくれ」

市之介が言った。

「はい」

すぐに、おみつが浅草寺にお参りに行くことを話した。

「いいねえ。帰りに何か、おいしいものでも食べましょうよ」

つるが、目を細めて言った。

そのとき、庭で足音がした。縁先に近付いてくる。

「だれか来たようだ」

そう言って、市之介が立ち上がった。

「旦那さま、大変だ！」

障子の向うで、茂吉の声がした。

市之介は障子をあけて縁側に出ると、

「何があったのだ」

と、訊《き》いた。

座敷にいるおみつとつるは、市之介があけた障子の間から、庭に目をやっている。茂吉を見ているようだ。

「また、殺されやした！」

茂吉が声を上げた。

「だれが殺されたのだ」

「岡っ引きの弥之助《やのすけ》でさァ」

茂吉は、通りで顔を合わせた岡っ引きから話を聞いたと言い添えた。

「場所は」

市之介は、現場に行ってみるつもりだった。岡っ引きが殺されたからといって、慌てて行くことはないのだが、屋敷内でふたりの女の相手をしているより、事件現場に行った方が気が晴れると思ったのだ。

「柳橋の浅草橋近くで」

茂吉が、茅町《かやちょう》一丁目の神田川近くらしいことを言い添えた。

「遠くないな」

青井家の屋敷から、神田川沿いの通りに出て東にむかえば、浅草橋のたもとに出られる。

市之介は座敷にもどり、おみつとつるに、

「これから行くつもりだ。伯父上から頼まれた事件に、かかわることらしい」

と、ふたりに言い置き、座敷の刀掛けに置いてあった小刀を腰に差し、大刀を手にして玄関に出た。

「茂吉、一緒に行くか」

市之介が、声をかけた。

「へい！」

茂吉が先にたった。案内するつもりらしい。

市之介と茂吉は神田川沿いの通りに出ると、東にむかった。しばらく歩くと、前方に浅草橋が見えてきた。

浅草橋のたもとは賑わっていた。そこは日光街道であり、浅草寺につづく道でもある。そのため、浅草寺の参詣客や日光街道の旅人などが行き交っていた。

市之介と茂吉は人通りの多い、浅草橋のたもとを横切り、神田川沿いの道を柳橋の方へむかった。その辺りはまだ茅町一丁目で、行き交う人の姿も多かった。

「旦那、あそこだ！」

茂吉が、前方を指差して声を上げた。

みると、川沿いの通りに人だかりができている。地元の住人が多いようだが、岡っ引きや下っ引きらしい男の姿もあった。まだ、八丁堀同心の姿はなかった。

茂吉は人だかりのそばまで行くと、

「どいてくんな。……目付筋のお方だぜ」

と、声をかけた。その声で、集まっていた野次馬たちが、慌てて身を引いた。

見ると、川岸近くに男がひとり横たわっていた。仰向けに倒れている男の小袖が、血に染まっていた。小袖が、肩から胸にかけて斬られている。袈裟《けさ》に斬られたらしい。

市之介は、倒れている男のそばに行き、

「下手人は、腕のたつ武士だな」

と、つぶやいた。

男は、一太刀で仕留められていた。相手が素手であっても、一太刀で仕留めるのはむずかしい。

2

「青井か」

背後で、男の声がした。

市之介が振り返ると、糸川と佐々野の姿があった。ふたりは岡っ引きが殺されていると聞いて、駆け付けたのだろう。

「見ろ、岡っ引きの弥之助だ」

市之介が、横たわっている死体を指差して言った。

「斬ったのは、武士のようだ」

糸川が言った。

「それも、腕のいい武士だな」

「弥之助は、何を探っていたのですか」

佐々野が、市之介と糸川に目をやって訊いた。

「分からん」

市之介はそう言った後、「知っているか」と脇にいる茂吉に訊いた。

「知りやせん。岡っ引きに訊いてきやしょう」

茂吉は、すぐにその場を離れた。

「おれたちも、聞き込みにあたるか」

市之介が、糸川と佐々野に目をやって言った。

「そうしよう」

糸川が言った。

市之介たち三人は茂吉が戻るのを待って、近所で聞き込みにあたることにした。

茂吉はすぐにもどってきた。

「弥之助は、何を探っていたか知れたか」

市之介が訊いた。

「辻斬りのようでさァ。この辺りにも、辻斬りが出ることがあったので、弥之助は聞き込みにあたっていたようで」

「やはりそうか」

市之介が言った。

「聞き込みにあたるか」

糸川が、市之介に目をやって言った。

「よし、聞き込みにまわろう」

市之介が言った。

市之介たちは、この場で分かれて聞き込みにあたり、半刻（一時間）ほどしたらもどることにした。

市之介はひとりになると、付近にいる岡っ引きに目をやった。岡っ引きのなかに、弥之助が何を探っていたか、知っている者がいるとみたのだ。

……あの男に、訊いてみるか。

市之介は、神田川の岸際に立っている岡っ引きらしい男を目にとめて近付き、

「御用聞きか」

と、訊いた。

「へい、源助《げんすけ》といいやす」

「源助、殺された弥之助を知っているか」

「知ってやす」

「弥之助は、ここで何か探っていたのか」

「遊び人を探っていたようでさァ」

「その遊び人の名は」

「名は聞いてねえんで」

「遊び人は、悪事でも働いたのか」

「博奕《ばくち》かも知れやせん。あっしも、この近くに賭場《とば》があると、耳にしたことがあるんでさァ」

「賭場な」

市之介は首を捻《ひね》った。その遊び人は、大川端で辻斬りをしたふたりの武士とかかわりはないのかもしれない。

それから、市之介は通り沿いで顔を合わせた土地の者にも、弥之助のことを訊いてみたが新たなことは分からなかった。

市之介が糸川たちと分かれた場にもどると、茂吉と佐々野の姿はあったが、糸川はまだ戻っていなかった。

「糸川の旦那が、来やした」

茂吉が、通りを指差した。

通りの先に、糸川の姿が見えた。糸川は慌てた様子で、小走りに戻ってくる。

糸川は市之介たちのそばへ来ると、

「すまん、遅れたようだ」

と、荒い息を吐きながら言った。

「何か知れたか」

市之介が、その場に顔を揃えた糸川たち三人に目をやって訊いた。

「殺された弥之助は、この辺りで平助《へいすけ》って遊び人のことで聞き込んでいたようですぜ」

茂吉が言うと、

「平助のことは、耳にしました」

佐々野が言い添えた。

「おれも、殺された弥之助が、遊び人のことを探っていたという話を聞いた」

市之介は、「平助は、賭場に出入りしていたらしいぞ」と言い添えた。

「その平助だがな。武士と歩いているのを見た者がいるようだ」

糸川が口を挟んだ。

「その武士は、おれたちが追っている辻斬りか」

市之介が訊くと、佐々野と茂吉も糸川に目をむけた。

「分からん。……いずれにしろ、平助を捕らえれば、何か出てくるのではないか。

……それに、辻斬りで金を得たふたりの武士も、賭場に出入りしているかもしれんぞ」

糸川が言った。

「どうする」

市之介が、糸川たち三人に訊いた。

「いずれにしろ、平助を捕らえれば、はっきりする」

糸川が言った。

「平助の塒《ねぐら》か、賭場のある場所をつかめばいいな」

市之介が言うと、糸川たちがうなずいた。

次に口をひらく者がなく、その場が沈黙につつまれたとき、

「賭場はどこにあるのか、聞いてないか」

そう言って、市之介が男たちに目をやった。

「聞きやした」

茂吉が、身を乗り出して言った。得意そうな顔をしている。

「どこだ」

市之介が訊いた。

「あっしが訊いた男も、殺された岡っ引きの弥之助は、賭場を探っていたらしいと話しやしてね。賭場は、どこにあるのか訊いたんでさァ。……その男は、茅町二丁目らしいと言ってやした」

「茅町二丁目のどこだ」

市之介は、茅町二丁目と分かっただけでは、探すのは難しいと思った。茅町二丁目は、日光街道沿いにつづく広い町である。それに、街道近くに賭場があるとも思えなかった。

「近くに、稲荷があると聞きやした」

市之介は、稲荷を探すのは難しくないと思った。

「稲荷か」

「ともかく、二丁目に行ってみよう」

市之介が言った。

3

市之介たち四人は、いったん浅草橋のたもとにもどり、日光街道を北にむかった。そして、茅町二丁目に入ると、路傍に足をとめた。

「ここで、二手に分かれよう」

市之介が言った。街道の両側に茅町二丁目はつづいているので、両側に分かれないと十分探れないだろう。

市之介と茂吉が街道の東方を、糸川と佐々野が街道の西側で聞き込みにあたることになった。

「一刻（二時間）ほどしたら、ここにもどってくれ」

市之介が糸川に声をかけ、その場で二手に分かれた。

「街道沿いに、稲荷はないな」

市之介が、街道に目をやって言った。

街道沿いには、旅人や浅草寺の参詣客を相手にするそば屋や一膳めし屋などが目についた。旅人相手の笠屋もあった。笠屋は、店先に菅笠《すげがさ》や網代笠《あじろがさ》などを並べていた。旅人用の合羽《かっぱ》も売っているらしく、合羽処《どころ》と書いた張り紙もある。

「脇道に入《へえ》ってみやすか」

茂吉が言った。

「そうだな」

市之介と茂吉は、笠屋の脇の細道に入った。

道沿いに小体な店が並んでいたが、いっとき歩くと店はすくなくなり、仕舞屋《しもたや》や空き地などが目につくようになった。

「近くに、稲荷があるか、そこの下駄屋で訊いてみるか」

市之介が言った。店先に、赤や紫などの綺麗な鼻緒をつけた下駄が並んでいた。店の親爺らしい男が、年増と話している。年増は下駄を買いにきたらしく、紫の鼻緒のついた下駄を手にしていた。

「あっしが、訊いてきやしょう」

茂吉が、小走りに下駄屋にむかった。

年増は近付いてくる茂吉に気付くと、親爺に声をかけて店先から離れた。そこへ茂吉が近寄り、親爺と何やら話していたが、すぐに店先から離れた。

茂吉は市之介のそばにもどると、

「知れやしたぜ」

すぐに、言った。

「この近くか」

「へい。……この道を一町ほど歩くと、四辻になってやしてね。右手に折れると、稲荷があるそうでさァ」

「行ってみよう」

市之介たちは、脇道をさらに歩いた。

一町ほど歩くと、四辻になっていた。

「こっちでさァ」

茂吉が先にたって、右手に折れた。そこは細い道だった。道沿いの家はまばらで、人通りは少なく、空き地や笹藪《ささやぶ》などが目についた。

「稲荷がありやす」

茂吉が前方を指差した。

路地沿いに、赤い鳥居が見えた。狭い境内で、人影はなかった。樫《かし》や欅《けやき》などの枝葉が、稲荷の祠《ほこら》を囲っている。

「賭場は、稲荷の近くにあるということだったな」

市之介は辺りに目をやったが、空き地や小体な仕舞屋があるだけで、賭場らしい家屋はなかった。

「稲荷の先まで、行ってみやすか」

茂吉が言った。

「そうだな」

市之介と茂吉は、稲荷の前を通り過ぎた。

「旦那、大きな家がありやすぜ」

茂吉が指差した。

通りから離れた場所に、板塀で囲われた仕舞屋があった。家の前は雑草地になっていて、家の戸口まで細い道がつづいていた。わずかばかりの庭があったが、紅葉《もみじ》と梅、それにつつじが、植えてあるだけである。

「妾《めかけ》でも囲っていた家のようだ」

市之介が、立ち止まって言った。茂吉も路傍に足をとめて、仕舞屋に目をやっている。

「賭場には、いい場所ですぜ」

茂吉が言った。

「そうだな」

市之介も、賭場にはいい場所だと思った。人目に触れない場所であり、両国広小路や浅草寺の門前通りなど、人出の多い場所から近い。賭場に遊びにくる者たちを集めるのに、都合のいい場所である。

「あれが、賭場だな。……まだ、ひらいてないようだ」

市之介が言った。

仕舞屋の表戸は、しまっていた。家はひっそりとして、物音も話し声も聞こえない。だれもいないようだ。

「どうしやす」

茂吉が訊いた。

「近所で訊くのも手だが、近くの住人が平助のことを知っているかな」

市之介は、平助の名を聞いたことがある者がいたとしても、塒やふたりの武士とのかかわりを知る者はすくないと思った。

「ともかく、糸川たちと別れた場所にもどろう」

そう言って、市之介が踵《きびす》を返した。

市之介たちが日光街道にもどると、路傍の別れた場所に糸川と佐々野が待っていた。

「賭場は、見つからなかったよ」

糸川が肩を落として言った。

「賭場は見つかったが、だれもいないようだ」

市之介が言った。

「賭場がひらくのは、陽が沈むころではないか」

「そうだな」

市之介は、その場にいた男たちに目をやり、

「どうだ、めしでも食ってこないか」

と、訊いた。すでに、陽は西の空にまわっていたが、昼飯を食っていなかったのだ。糸川たちも同じだろう。

「そうしやしょう」

茂吉が声を上げた。

市之介たちは、通り沿いにあった一膳めし屋に入った。そして、店の小上がりに腰を下ろすと、注文を訊きにきた小女《こおんな》に、めしと酒を頼んだ。喉も渇いていたので、酔わない程度に飲むことにしたのだ。

市之介は、小女がめしと酒を運んで来たとき、

「平助という男を知らないか」

と、訊いてみた。

小女は小首を傾《かし》げていたが、

「知りません」

と、小声で言って踵を返した。

市之介たちは酒を飲み、めしを食べ終えると、一膳めし屋を出た。そして、道沿いにある稲荷のそばにもどった。

「賭場の見える場所まで、行ってみるか」

市之介が先にたった。

稲荷の前を通り過ぎ、板塀で囲われた仕舞屋が見えるところまで来て、市之介たちは足をとめた。

「あの家が、賭場とみたのだ」

市之介が、仕舞屋を指差して言った。

そのとき、仕舞屋の板戸が開いて、男がひとり出てきた。遊び人ふうの男である。

「あやつ、賭場の下足番ではないか」

市之介が言った。

「間違いない。賭場をひらくようだ」

糸川が、戸口を見つめて言った。

「そろそろ、客がくる。ここにいては、まずいぞ」

市之介は、賭場をひらいている男たちの目にとまりたくなかった。それに、市之介たちは町方ではないので、賭場の親分や子分たちを捕縛するつもりはない。狙いは賭場に出入りしている平助という男である。

「稲荷に隠れよう」

市之介たちは、すぐに稲荷の杜に入った。杜といっても、狭い境内に何本かの樫や欅が枝葉を茂らせているだけである。

市之介たちは、樹陰から仕舞屋の方へつづいている道に目をやった。いっときすると、遊び人、職人ふうの男、牢人体の男などが、ひとりふたりと通りかかった。いずれも、賭場の客らしい。客のなかには、商家の旦那ふうの男もいた。

「どうしやす」

茂吉が訊いた。

「賭場から出てきた者に、話を訊いてみるしかないな」

市之介は、賭場へ踏み込んで、騒ぎたてるわけにはいかないと思った。

「いつになるか、分かりませんぜ」

茂吉が眉を寄せて言った。

「仕方がない。今夜は、徹夜になるかもしれん」

市之介は、糸川と佐々野にも目をやった。ふたりは、黙したままうなずいた。

4

市之介たちが稲荷の杜に身をひそめて、だいぶ時が流れた。辺りは、深い夜陰につつまれている。

賭場はひらかれているらしく、かすかに男たちの談笑の声が聞こえた。

「そろそろ、出てきてもいいころだな」

市之介が言った。博奕に負けて金がつづかなくなった者が、賭場から出てくるころである。

それからいっときし、

「ふたり来やす！」

茂吉が、樫の木の葉叢《はむら》の間から通りを覗きながら言った。

すぐに、市之介も通りに目をやった。職人ふうの男がふたり、何やら話しながらこちらに歩いてくる。

「おれが、あのふたりに訊いてみる」

そう言って、市之介はその場を離れた。

市之介は稲荷の鳥居のそばの樹陰に身を隠し、ふたりの男が通り過ぎるのを待って、後ろから歩きだした。

半町ほど歩いたとき、市之介は足を速めてふたりの男に近付いた。

ふたりの男は、路傍に足をとめた。背後から近付いてくる市之介に気付いたらしい。月明りに浮かび上ったふたりの顔に、不安そうな色があった。いきなり、武士が背後から近付いてきたからだろう。

「すまん、驚かせてしまったようだ」

市之介が、苦笑いを浮かべて言った。

すると、ふたりの男の顔から不安そうな表情が消えた。市之介のことを悪い男ではないとみたのだろう。

「ちと、訊きたいことがあるのだ」

市之介はふたりに身を寄せると、「歩きながらでいい。足をとめさせては、悪いからな」そう言って、ゆっくりとした歩調で歩きだした。

ふたりの男は、市之介の後についてきた。

「大きい声では言えぬが、ふたりが、賭場から出てきたのを目にしたのだ」

市之介が声をひそめて言った。

ふたりの男は顔を見合わせたが、何も言わなかった。

「実は、おれも賭場に遊びに来たのだが、入ろうか、入るまいか、迷っていたのだ。……ふたりが、賭場から出てくるのを目にしてな。それで、なかの様子を訊いてみようと思ったのだ」

「そうですかい」

小柄な男が言った。

「なかに牢人体の男は、いなかったか」

市之介は、念のために訊いてみた。

「いやした」

「ふたりか」

「いえ、ひとりでさァ。竹本《たけもと》という旦那でしてね。両国広小路で、居合抜《いあいぬき》の見世物をしていると聞きやした」

もうひとりの痩身の男が、小声で言った。こちらが、年上らしい。

「居合抜な」

その男は、薬研堀近くの大川端で、定廻《じょうまわ》り同心の林崎と岡っ引きの元吉を斬り殺した辻斬りではない、と市之介は思った。

「他に武士は、いなかったか」

さらに、市之介が訊いた。

「いなかったが……」

小柄な男は語尾を濁し、脇を歩いている痩身の男に目をやった。

「賭場にいたお侍は、居合抜の旦那だけでさァ」

痩身の男が言った。

「そうか。ところで、平助という男はいなかったか。……懐が寂しいとき、隣に座った平助に金を借りたことがあってな。そのままなので、顔を合わせたくないのだ」

市之介は、作り話を口にした。

「いやした」

痩身の男の口許に、薄笑いが浮いた。市之介のことを、博奕好きの貧乏牢人と思ったらしい。

「平助は、どんな格好をしてた」

市之介は、平助の身形《みなり》が分かれば、賭場から出てきたところを押さえられると踏んだのだ。

「縞柄の小袖を尻《しり》っ端折《ぱしょ》りしてやしたが」

そう言った痩身の男が、不審そうな顔をした。市之介が根掘り葉掘り訊くので、賭場に遊びにきたのではないと思ったらしい。

「あっしらは、急いでやして」

痩身の男はそう言うと、急に足を速めた。小柄な男も、慌てた様子で足早に市之介から離れた。

市之介は路傍に足をとめ、「逃げられたか」とつぶやいたが、顔には満足そうな表情があった。平助のことは、あらかた聞き終えたのだ。

市之介は、足早に糸川たちのいる稲荷の杜にもどった。杜のなかは暗かったが、欅の枝葉の間から差し込む月明りで、何とか糸川たちの姿は識別できた。

「平助は賭場にいるようだ」

市之介が言った。

「賭場から出てきたところを押さえるか」

糸川が身を乗り出した。

「平助の身装《みなり》を聞いたのでな。姿を見せれば、分かるはずだ」

市之介は、賭場から出てくる男たちを見張れば、平助を押さえられると言い添えた。

市之介たちは通り近くに出て、歩いてくる男たちに目をやった。いまごろ、通りかかる者は賭場の客と思っていい。

ひとり、ふたりと、男たちが通りかかる。武士の姿は、少なかった。ときおり、牢人体の男が通りかかるだけである。

そのとき、通りの先に目をやっていた茂吉が、

「平助かもしれねえ」

と、声を殺して言った。

市之介が通りの先に目をやると、遊び人ふうの男が歩いてくる。

「やつが、平助だ！」

市之介が身を乗り出して言った。

平助は縞柄の小袖を着ていた。都合よく、ひとりだった。平助は小袖を裾高に尻っ端折りしているらしく、夜陰のなかに両足が白く浮き上がったように見えた。

夜の静寂のなかに、チャラチャラと雪駄の音が響いた。

5

市之介は平助が近付いたところで、

「押さえるぞ！」

言いざま、平助の前に飛び出した。

糸川は平助の背後に、佐々野と茂吉は、平助の両脇にまわり込んだ。平助を逃がさないように、四人で取り囲んだのである。

平助はギョッとしたように、その場に立ちすくんだが、

「て、てめえたちは、だれだ！」

と、声を震わせて訊いた。

「平助、一緒に来い。訊きたいことがある」

そう言って、市之介が平助に近寄ると、
平助はいきなり右腕を懐につっ込み、匕首《あいくち》を取り出した。匕首が夜陰のなかで、青白くひかった。

「殺してやる！」

叫びざま、平助が匕首を前に構えてつっ込んできた。

市之介は素早い動きで抜刀し、刀身を峰に返すと、右手に踏み込みざま刀身を横に払った。一瞬の太刀捌《たちさば》きである。

市之介の峰打ちが、踏み込んできた平助の腹を強打した。

平助は手にした匕首を取り落として、苦しげな呻《うめ》き声を上げてよろめいた。そして、足がとまると、その場に蹲《うずくま》った。

平助のまわりに、糸川、佐々野、茂吉の三人が、走り寄った。そして、糸川と佐々野が、平助の両腕をとって立ち上がらせ、稲荷の境内に引き摺《ず》り込んだ。茂吉は平助の手にしていた匕首を拾い、市之介と一緒に境内に入った。

「茂吉、通りに目をやって、近くを通りかかる者がいたら知らせてくれ」

市之介は、この場で平助から話を訊こうと思ったのだ。その声が、通りかかった者の耳に入るかもしれない。それで、茂吉に頼んだ。

「承知しやした」

茂吉は、稲荷の鳥居近くの樹陰に身を隠して通りに目をやった。

「平助、弥之助という岡っ引きを知っているな」

市之介は、弥之助の名を出して訊いた。

「……」

平助は無言のまま、視線を膝先に落とした。

「白を切っても、無駄だ。弥之助は、おまえを探っていて殺されたのだ。おまえが知らないはずはない」

市之介が、語気を強くした。

平助の顔が強張《こわば》った。握りしめた拳が震えている。

「弥之助を、知っているな」

市之介が、平助を見すえて訊いた。

「し、知ってやす」

平助が声を震わせて言った。

「平助、おまえは、岡っ引きに探られるような悪事を働いたのか」

「あっしは、何もしてねえ！　岡っ引きに、探られるようなことはしてねえ」

平助が向きになって言った。

「おまえは、岡っ引きに付け狙われるような悪事はしてないのか」

「してねえ」

平助が、はっきりと言った。

「おまえは、武士の手先になっていたな。……岡っ引きの弥之助は、その武士を探っていたのではないか」

市之介は訊いた。その武士が辻斬りで、平助を手先のように使って御用聞きや八丁堀の同心のことを探っていたのではあるまいか。

「……」

平助は、無言のまま市之介から視線を逸《そ》らせた。

「おまえが、ひそかに御用聞きの弥之助を殺したのではないか」

市之介が、平助を見つめて言うと、

「あっしじゃァねえ。あっしは、御用聞きを殺したりしねえ」

平助が、身を乗り出して言った。

「それなら、武士か」

市之介が、畳み掛けるように訊いた。

「そうでさァ」

平助が、肩を落として言った。

「武士はふたりいたな」

市之介は、ふたりの辻斬りを念頭に置いて訊いたのだ。ただ、松沢屋に押し入ったのは三人なので、もうひとり加わることがあるとみていた。

「へ、へい」

「ふたりの名は」

市之介が、間を置かずに訊いた。糸川と佐々野は、聞き耳を立てて平助を見すえている。

「狭山《さやま》の旦那と、田島《たじま》の旦那でさァ」

平助は、ふたりの姓しか聞いてないと言い添えた。

「狭山と田島な」

市之介は、傍らにいる糸川と佐々野に目をやった。

「聞いた覚えはない」

糸川が言うと、佐々野もうなずいた。

「狭山と田島は、牢人ではないな」

市之介が声をあらためて訊いた。

「あっしには何も話さなかったが、屋敷は本所《ほんじょ》にあると聞いた覚えがありやす」

「本所のどこだ」

本所の武家地はひろく、本所と分かっただけでは探しようもない。

「あっしが耳にしたのは、本所に屋敷があるということだけで」

「そうか」

市之介は、糸川と佐々野に目をやり、「何かあったら訊いてくれ」と声をかけた。

するとと糸川が、前に出て、

「狭山と田島は、賭場に顔を見せることがあるようだが、他にも遊びに行くところがあるのか」

と、平助を見すえて訊いた。

「柳橋の料理屋に、行くこともあるようで」

平助が言った。

「店の名は」

「賀島屋《かしまや》と聞いたことがありやす」

「賀島屋は、柳橋のどこにあるのだ」

柳橋といっても広いので、糸川は店のある場所を訊いたのだ。

「行ったことがねえんで、あっしには、分からねえ」

「柳橋で訊けば、知れるだろう」

そう言って、糸川は身を引いた。

市之介たちは平助から話を聞き終えると、近くに誰もいないのを確かめてから平助を連れて通りに出た。

「あっしを、帰《けえ》してくだせえ。知ってることは、みんな話しやした」

歩きながら、平助が言った。

「平助、死にたいのか」

市之介が言った。

「……！」

平助は口をつぐみ、怯えるような顔をして市之介を見た。この場で、殺されると思ったらしい。

「おまえが、おれたちに捕らえられたことは、狭山たちにすぐに知れるぞ。このまま帰れば、狭山たちはおまえを生かしておくまい。おれたちに、狭山たちのことを話したから放免なされたと見るはずだ」

「そ、そうかも、知れねえ」

平助が声を震わせて言った。

「しばらく、おれたちが匿《かくま》ってやる」

市之介が、佐々野に目をやって言った。

佐々野家には、古い納屋があった。納屋といっても土蔵のような造りで、多少声を出しても外から聞こえない。

市之介たちは、捕らえた男を訊問したり監禁したりするときに、その納屋を使うことがあった。

市之介は、しばらく佐々野家の納屋に平助を監禁しておこうと思ったのだ。

「納屋を使ってください」

佐々野が、小声で言った。

6

市之介、糸川、佐々野、茂吉の四人は、柳橋に来ていた。平助を捕らえて訊問した翌日である。

平助の話に出た料理屋の賀島屋で、狭山と田島のことを訊いてみようと思ったのだ。

柳橋は、料理屋や料理茶屋などが多いことで知られた地である。市之介たちは、神田川にかかる柳橋のたもとに来た。まず、賀島屋がどこにあるか、訊いてみるつもりだった。

柳橋のたもとは、賑わっていた。両国広小路から流れてきた男たちや土地の住人らしい者たちが、行き交っている。

「あの女に、訊いてきやす」

茂吉が、小さな風呂敷包みを抱えて歩いている年増を指差して言った。料理屋の女将か、年季の入った女中といった感じである。

茂吉は小走りに年増に近付き、何か声をかけた後、話しながら歩いていたが、いっときすると茂吉が足をとめ、小走りにもどってきた。年増は神田川沿いの通りを西にむかって歩いていく。

茂吉は市之介たちのそばにもどると、

「賀島屋が、どこにあるか知れやしたぜ」

すぐに、言った。

「近いのか」

市之介が訊いた。

「ここから、すぐでさァ」

そう言って、茂吉が先にたった。

茂吉は、大川端の道を川上に向かった。そして、左手の道に入った。その道は、行き交う男の姿が多かった。道沿いには料理屋、料理茶屋、そば屋などの飲み食いできる店が並んでいる。

「賀島屋は、この道沿いにあるそうで」

茂吉が、通り沿いの店に目をやりながら言った。

いっとき歩いたとき、茂吉は路傍に足をとめ、

「あの店だな」

と言って、斜向《はすむか》いにある二階建ての料理屋を指差した。

店の入口の掛看板に、「御料理　賀島屋」と書いてあった。入口は洒落《しゃれ》た作りの格子戸になっている。

店に客がいるらしく、二階の座敷から、嬌声《きょうせい》や男たちの談笑の声などが聞こえてきた。芸者も来ているのか、三味線の音もする。

市之介たちは、店の近くの路傍に足をとめた。

「どうする、店に入って、ふたりのことを訊いてみるか」

市之介は、忙しくしている女将や女中に話を訊くのは気が引けたが、それしか

手はないと思った。

市之介たちが、賀島屋の店先に近付こうとしたとき、入口の格子戸が開いた。姿を見せたのは、ふたりの客とふたりの女だった。女は、店の女将と女中らしい。客の見送りに来たようだ。

ふたりの客は、商家の旦那ふうの男だった。女将らしい年増が、「嫌ですよ、旦那ァ」と声を上げ、年配の男の背を叩いた。男は、女将に何か卑猥なことでも口にしたらしい。馴染み客なのだろう。

「女将、また、来る」

そう言い残し、ふたりの男は店先から離れた。

女将と女中は、ふたりの客の後ろ姿に目をやっている。

「女将に、訊いてみよう」

市之介は、小走りに店の入口にむかった。

「しばし、しばし」

市之介が、店にもどろうとして踵を返した女将と女中に声をかけた。

ふたりの女は足をとめて、振り返り、

「何か御用ですか」

と、女将が訊いた。

「賀島屋の女将かな」

市之介が、念を押すように訊いた。糸川たち三人は、すこし離れた場に立っている。

「そうですが……」

女将は、戸惑うような顔をした。

「狭山どのと田島どのは、店に来てるかな」

市之介がふたりの名を出して訊いた。

「狭山さまと、田島さま……」

女将が首を傾げた。

「わたし、狭山さまと田島さまの座敷についたことがあります」

女将の脇にいた女中が、口を挟んだ。

「おたえさん、知ってるのね」

女将が言った。女中の名は、おたえらしい。

「はい」

「でも、今日、お武家さまは、誰も店に見えてませんので」

女将が、市之介に顔をむけて言った。

「いや、ふたりのことで訊きたいことがあるのだ。手間は取らせぬ。すぐに、済む」

市之介が言うと、

「おたえさん、お侍さまたちのお話を聞いて」

女将は、おたえに身を寄せ、「ここは空けてね。お客さんが、入れないから」と小声で言い、ひとりで店に入った。

おたえは、市之介たちを店の入口からすこし離れた場に連れて行き、

「どんなお話ですか」

と、市之介に訊いた。

「おれたちは、狭山どのと田島どのに世話になったことがあってな。御礼に伺いたいのだが、住まいのお屋敷がどこにあるか、分からないのだ。……馴染みにしている賀島屋なら知っている者がいるかと思ってな」

市之介は、作り話を口にした。

「おふたりのお屋敷は、本所の相生町《あいおいちょう》の近くと聞きました」

「相生町の、どの辺りかな」

相生町は、一丁目から五丁目まである広い町だった。相生町と分かっただけでは、探しようがない。

「二ツ目橋の近くと聞きました」

「そうか」

二ツ目橋は竪川《たてかわ》にかかる橋で、西から東にむかって、一ツ目橋、二ツ目橋と順に名が付けられ、五ツ目橋まであった。

二ツ目橋の近くと分かれば、狭山と田島の住む屋敷はつきとめられるかもしれない。

「ところで、狭山どのと田島どのがこの店に来るときは、いつもふたりか」

市之介が、声をあらためて訊いた。

「いえ、三人でお見えになることもあります」

「平助が、一緒のときがあるのかな」

市之介が、平助の名を出した。

「いえ、三人ともお武家さまでした」

おたえが言った。

「何！　三人とも、武士だと」

市之介の声が、大きくなった。

「は、はい」

おたえが、驚いたような顔をして身を引いた。

「もうひとりの武士の名は」

市之介が訊いた。糸川たち三人も、驚いたような顔をしている。

「佐々木《ささき》さまです」

「佐々木な」

市之介は、初めて聞く名だった。背後にいる糸川たちに目をやったが、糸川たちも佐々木のことを知らないらしく首を捻っている。

「三人の他に、一緒に店に来た者はいるのか」

市之介が訊いた。

「わたしが、座敷についたときは、いつも三人でした」

おたえが小声で言い、店にもどりたいような素振りを見せた。すこし話し過ぎたと思ったのかもしれない。

「何か、訊くことはあるか」

市之介が、糸川たちに目をやって訊いた。

「いや、ない」

糸川が言うと、佐々野と茂吉がうなずいた。

「手間を取らせたな」

市之介が、おたえに礼を言った。

市之介たち三人は賀島屋の店先から離れると、来た道を引き返した。今日のところは、このまま下谷にある屋敷に帰るつもりだった。

第三章　剣術道場

1

青井家の屋敷の庭に面した座敷に、市之介、糸川、佐々野の姿があった。糸川と佐々野は、今後どうするか相談するために屋敷に来たのだ。

おみつとつるは男三人に茶を淹《い》れると、そのまま話にくわわるつもりで、座敷に座ったが、

「伯父上に頼まれた件でな。大事な話が、あるのだ。母上とおみつは話が済むまで、奥の部屋にいてくれないか」

と、市之介が声をかけた。

おみつとつるは、顔を見合わせてから立ち上がった。そして、ふたりの足音が

遠ざかったところで、

「これから、どうする」

と、市之介が切り出した。

「ともかく、狭山と田島の住む屋敷をつきとめ、ふたりを捕らえるしかないな。佐々木という男も、ふたりを訊問すれば、何者か分かるはずだ」

糸川が言った。

「そうだな」

市之介が言うと、佐々野がうなずいた。

「ふたりの屋敷は相生町にあり、二ツ目橋の近くとのことだ。界隈で聞き込めば、屋敷はつきとめられる」

糸川が、市之介に目をやって言った。

「これから、相生町へ行くか」

市之介が、糸川と佐々野に訊《き》いた。

「行こう」

糸川が腰を上げた。

「母上とおみつに、話して来る。ふたりが顔を見せるまで、ここにいてくれ」

市之介は立ち上がり、すぐに奥の座敷にむかった。

おみつとつるは、奥の座敷で茶を飲んでいた。おそらく、糸川と佐々野の話をしていたのだろう。

「急用があって、三人で出かけることになった」

市之介が、ふたりに言った。

「このまま帰ってしまうのかい」

つるが、がっかりしたような顔をした。

「ふたりとも、日をあらためて来るとのことだ。そのときは、ゆっくりしていくらしいぞ」

市之介は、おみつとつるを慰めるように言った。

おみつとつるは、市之介の後についてきた。そして、玄関から出て、市之介、糸川、佐々野の三人を見送った。

市之介たち三人が、屋敷の表門から出て通りを歩き出したとき、背後から走り寄る足音がした。振り返ると、茂吉が慌てた様子で追ってくる。

「だ、旦那、あっしも行きやす」

茂吉が、声を上げた。

市之介は路傍に足をとめ、茂吉がそばに来るのを待ち、

「今日は、本所の相生町まで行くのだ。……茂吉も、一緒に行くのか」

と、訊いた。糸川と佐々野も足をとめ、茂吉に目をやっている。

「へい、お供しやす。……乗りかかった船でさァ。事件の始末がつくまで、どこへでも行きやすよ」

茂吉が身を乗り出して言った。

「そうか」

市之介は、屋敷で草取りでもしてもらった方がいいのに、と胸の内で思ったが、苦笑いを浮かべただけで、何も言わなかった。

市之介たち四人は武家屋敷のつづく通りを南にむかい、神田川にかかる和泉橋のたもとに出た。

和泉橋を渡って柳原通りに出ると、東に足をむけた。そして、賑やかな両国広小路を通り抜け、大川にかかる両国橋を渡った。渡った先が、本所元町《もとまち》である。

市之介たちは竪川沿いの通りに出ると、東に足をむけた。いっとき歩くと、前方に竪川にかかる一ツ目橋が見えた。

一ツ目橋のたもと辺りから、竪川沿いに広がっている町が、相生町一丁目であ

る。

市之介たちは一ツ目橋のたもとを過ぎ、さらに竪川沿いの道を東にむかった。川沿いに、相生町二丁目、三丁目の家並が順につづいている。

いっとき歩くと、前方に二ツ目橋が見えてきた。

市之介たちは、二ツ目橋のたもと近くで足をとめた。通り沿いに、相生町四丁目の町並が広がっている。

「この辺りに、武家の屋敷はないな」

糸川が、道沿いにある家々に目をやりながら言った。八百屋、下駄屋、米屋など暮らしに必要な物を売る店が多かった。行き交う人も町人がほとんどで、武士の姿はあまり見掛けなかった。

「武家地は、川沿いの町人地を抜けた先だ」

糸川が言った。

「武家地に、行ってみよう。何とかして、狭山と田島の住む屋敷をつきとめないとな」

そう言って、市之介が先にたち、下駄屋の脇にある道に入った。その道は、武家地につづいているはずだ。

市之介たちがいっとき歩くと、町家は途絶え、道沿いに武家屋敷がつづいていた。武家地に入ったらしい。

「この辺りかな」

糸川が、通り沿いの屋敷に目をやって言った。大きな武家屋敷はなかった。御家人や小身の旗本の屋敷が多いようだ。

市之介は武家屋敷が途絶え、空き地になっている場に足をとめ、

「四人で歩いていても、埒が明かない。それに、人目につく。どうだ、この辺りで二組に分かれて、狭山家と田島家の屋敷を探さないか」

と、糸川たち三人に目をやって言った。

「それがいい」

糸川が言った。

「おれと茂吉で組む。糸川と佐々野で、組んでくれ」

「承知した」

糸川が、佐々野に目をやって言った。

市之介たち四人は、一刻（二時間）ほどしたらこの場に戻ることにして、二手に分かれた。

2

「茂吉、どこへ行く」

市之介が訊いた。

「通りの先へ、行ってみやしょう」

「そうだな」

市之介と茂吉は、武家屋敷のつづく通りを北にむかって歩いた。通り沿いには、御家人や旗本の屋敷がつづいている。

「たしか、この先には、幕府の御竹蔵《おたけぐら》があるはずだぞ」

市之介が、路傍に足をとめて言った。

「この辺りで、訊いてみやすか」

「そうしよう」

市之介は狭い空き地があるのを目にとめ、その前に立った。話の聞けそうな者が通りかかるのを待つことにしたのだ。

市之介と茂吉が、空き地の前に立っていっときすると、

「中間《ちゅうげん》が来やす」

茂吉が、通りの先を指差して言った。

見ると、ふたりの中間が何やら話しながら歩いてくる。

「おれが、訊いてみる」

市之介はその場を離れ、ふたりの中間に足早に近付いた。

ふたりの中間は市之介の姿を見て、路傍に足をとめた。自分たちに用があって、急ぎ足で近付いてくると思ったらしい。

市之介はふたりの中間の前で足をとめ、

「ふたりは、この近くの屋敷に奉公しているのか」

と、訊いた。

「そうで」

年配の中間が、言った。もうひとりは、まだ十七、八と思われる若い中間である。

「この辺りに、狭山さまのお屋敷はないかな」

市之介が、狭山の名を出して訊いた。

「近くに、狭山さまという方のお屋敷はありませんが……」

年配の中間が言うと、若い中間がうなずいた。ふたりとも、この近くの武家屋敷で奉公しているらしい。

「そうか。田島さまのお屋敷は、どうだ」

市之介が、田島の名を出した。

「田島さまのお屋敷は、あります」

年配の中間が言った。丁寧な物言いである。

「どこだ」

「この道を二町ほど歩くと、左手に板塀をめぐらせたお屋敷があります。そこが、田島さまのお屋敷です」

「田島家は、御家人か」

市之介は板塀をめぐらせた屋敷と聞いて、御家人とみたのだ。

「そうです」

年配の中間が、小声で言った。

「手間をとらせたな」

市之介は茂吉のいる場にもどり、中間から聞いたことを掻い摘まんで話した。

「田島家の屋敷を見てみやすか」

茂吉が言った。

「そのつもりだ」

市之介と茂吉は、通りの先へむかった。

二町ほど歩くと、通りの左手に板塀をめぐらせた武家屋敷が見えた。御家人の屋敷である。

通りの右手にも、百石前後と思われる御家人の屋敷があった。この辺りは、御家人の住む屋敷が多いようだ。

市之介と茂吉は通行人を装って、田島家の屋敷の前まで行ってみた。屋敷内は、ひっそりとしていた。ただ、住人はいるらしく、障子を開け閉めするような音が、かすかに聞こえた。

「旦那、どうしやす」

茂吉が小声で訊いた。

「まだ、糸川たちと会う場所にもどるのは、早いな」

「田島家の様子を探ってみやすか」

「近所の屋敷に住む者か、奉公人に訊いてみよう」

市之介は通りに目をやり、田島家の斜向《はすむか》いにある武家屋敷を目にとめた。御家人の屋敷らしく、板塀で囲われている。

市之介と茂吉は、その屋敷の脇にあった小径に身を隠した。その小径は、屋敷の裏手につづいているようだ。

市之介たちが、その場に身を隠して小半刻（三十分）も経ったろうか。田島家の隣の屋敷の木戸門があき、老齢の武士がひとり姿を見せた。隠居の身で、屋敷内にいたのかもしれない。

「あの武士に、訊いてみる」

市之介は、老齢の武士が田島家の屋敷から遠ざかるのを待って、後を追った。茂吉は市之介から間をとってついてくる。

「しばし、しばし」

市之介が、老齢の武士の背後から声をかけた。

老齢の武士が、足をとめて振り返った。

「わしのことかな」

「お訊きしたいことがあって」

市之介は、老齢の武士と肩を並べると、「歩きながらで、結構でござる」と小声で言った。

「それで、何を訊きたいのかな」

武士が、歩きながら訊いた。

「そこもとの屋敷の隣は、確か田島家の屋敷でしたな」

市之介が、言った。

「田島家の屋敷だが」

武士が、露骨に顔をしかめた。田島家のことをよく思っていないらしい。

「実は、田島どのに、あらぬ言い掛かりをつけられ、嫌な思いをしたことがあるのだ。それで、顔を合わせたくないもので」

市之介が、苦い顔をして見せた。

「やはり、そうか。田島どのは非役のせいもあって、若いころから無法な振舞が多くてな。わしらも、困っておるのだ」

「近所でも、そうですか」

市之介は、武士に田島の話をさせようとして水をむけた。

「それにな。田島どのは剣の腕がたち、迂闊《うかつ》に意見も言えぬのだ」

「田島どのは、剣の修行でもしたのですか」

「そうだ。子供のころから、剣術道場に通ってな。一刀流の遣い手なのだ」

「一刀流ですか」

市之介は、心形刀流を遣う。少年のころから、下谷御徒町にあった伊庭軍兵衛秀業《ひでなり》の道場に通ったのだ。糸川も、伊庭道場に通っていて、ふたりは同門だった。ところが、市之介は、二十代半ばで道場をやめてしまった。父が亡くなり、家を継いだこともあるが、剣術をつづけても非役のままで、禄高相応の役柄にも就けないと思ったからだ。

「そうだ。いまは、門を閉じているがな」

武士が言った。

「道場は、どこにあるのです」

市之介は、道場主に訊けば、田島や仲間のことが知れるのではないか、と思った。

「番場《ばんば》町と聞いている」

「番場町ですか」

市之介は武士に礼を言って、その場を離れた。糸川たちと会う場所にもどり、一緒に番場町へ行こうと思った。

3

「糸川さまたちが、いやすぜ」

茂吉が指差して言った。

空き地に、糸川と佐々野の姿があった。先に、もどったらしい。

「すまん。……遅れたようだ」

市之介が、糸川と佐々野に目をやって言った。

「おれたちも、もどったばかりだ」

糸川が言った。

市之介は、田島が剣術道場に通っていたことを話し、

「番場町にある道場で、田島のことを聞いてみたい」

と、言い添えた。

「番場町へ向いながら、話すか」

糸川が言った。

「そうしよう」

市之介たちは、通りを北にむかって歩いた。前方に御竹蔵が見える。御竹蔵の脇を通って行けば、道場のある番場町までそれほど遠くない。

「糸川たちは、何か知れたか」

市之介が訊いた。

「おれたちは、狭山の屋敷が亀沢町《かめざわちょう》の近くにあると聞いてな。行ってみたのだ。屋敷は分かったが、狭山のことを知っている者から話は、聞けなかった」

糸川が言った。

亀沢町は、御竹蔵の南に広がる町人地である。狭山の屋敷は、町人地の近くの武家地にあるらしい。

「道場主に田島のことを訊けば、狭山のことも知れるのではないか」

市之介が言うと、糸川がうなずいた。

市之介たちは、御竹蔵の脇を通って石原町《いしわらちょう》に入った。さらに、北に向って歩くと、大川端に出た。その辺りは、北本所である。

「この辺りから、東に向えば番場町に出られるはずだ」

市之介は、路傍に足をとめた。近所の住人に、剣術道場のことを訊いてみようと思ったのだ。

通りの先に、ふたりの男の姿が見えた。こちらに歩いてくる。ふたりとも、腰《こし》切半纏《きりばんてん》に腰蓑《こしみの》をしていた。漁師であろうか。

「あのふたりに、訊いてみる」

市之介は路傍に立って、ふたりが近付くのを待ち、

「訊きたいことがある」

と、声をかけた。

「あっしらですかい」

大柄な男が訊いた。

「そうだ。この近くに、一刀流の剣術道場があると聞いて来たのだがな。どこにあるか、知っているか」

市之介が、大柄な男に目をやって訊いた。

「道場はありやすが、門を閉じたままですぜ」

大柄な男が言った。

「門をしめたことは知っているが、道場主は近くに住んでいるのではないか」

「道場の裏手の母屋に、住んでいると聞きやした」

「道場主の名を知っているかな」

市之介は、まだ道場主の名も知らなかったのだ。

「持田稲兵衛《もちだとうべえ》さまでさァ」

「この先に、八百屋がありやす。八百屋の脇の道に入ると、番場町に出られやすから、地元の者に訊けば、すぐに分かるはずですぜ」

「そうか」

市之介は、「手間を取らせたな」とふたりに声をかけて、その場を離れた。

市之介たちは、ふたりの男から聞いたとおり、大川端の道を北にむかって歩いた。

「旦那、そこに、八百屋がありやす」

茂吉が、前方を指差して言った。

通り沿いに、八百屋があった。店の脇に、細い道がある。

市之介たちは、細い道に入った。ちらほら行き交う人の姿があった。いずれも土地の住人らしい。武士の姿は、なかった。

しばらく歩いてから、市之介は通りかかった子連れの女に、

「この辺りは、番場町かな」

と、訊いてみた。

「そうです」

女が強張《こわば》った顔で言った。いきなり、武士に声をかけられたからだろう。四、五歳と思われる女の子は、目を丸くして市之介を見上げている。

「番場町に、剣術道場があると聞いてきたのだがな。どこにあるか、知っているかな」

市之介が、笑みを浮かべて訊いた。

「この道の先に、あります。……でも、道場はしまったままですよ」

女の表情が、和らいだ。市之介の笑みを見て、安心したようだ。女の子も、嬉しそうな顔をしている。

市之介は女の子に目をやり、「いい子だな」と声をかけてから、親子から離れた。

それから、二町ほど歩くと、

「あれが、道場だ」

そう言って、茂吉が前方を指差した。

道沿いに、道場らしい建物があった。板壁になっていて、武者窓があった。だいぶ傷んでいるらしく、板壁が所々剝がれていた。戸口の庇《ひさし》が朽ちて、垂れ下がっている。

「近付いてみるか」

市之介たちは、通行人を装って道場に近付いた。

道場はひっそりとして、物音も人声も聞こえなかった。誰もいないらしい。

市之介は、通りかかった地元の住人らしい男に、持田道場かどうか訊いてみた。

「そうでさァ。……何年も前から、道場は閉じたままですぜ」

男が言った。

「道場主の持田どのは、どこにおられるのだ」

市之介は、持田がいれば、会って、田島のことを訊くつもりで来たのだ。

「道場の裏の母屋に、住んでいるようで」

「そうか」

市之介は、道場の裏手に目をやった。

母屋らしい建物があった。家の前に、紅葉《もみじ》や梅などの庭木が植えられている。

4

市之介と糸川だけで、道場の脇を通って裏手にむかった。

佐々野と茂吉は、道場の近くで聞き込みにあたることになった。四人もで母屋を訪ねると、持田に迷惑をかけると思ったのだ。

市之介と糸川が母屋の前まで行くと、話し声が聞こえた。話しているのは、男と女である。ふたりとも、年配らしい。道場主の持田と妻女《さいじょ》が話しているのではあるまいか。

市之介は、戸口に近付いて板戸越しに、

「持田どのは、おられますか」

と、声をかけた。いきなり、戸をあけて家に入るのは気が引けたのだ。

すると、家のなかの話し声がやんだが、

「どなたかな」

すぐに、男の声が聞こえた。

「青井市之介と申す」

市之介が名乗ると、

「それがしは、糸川俊太郎です」

すぐに、糸川が名を口にした。

すると、家のなかで、「青井どのと、糸川どのか……。お会いするのは、初めてのような気がするが」という声がし、立ち上がる気配がした。

戸口に近付く足音がし、板戸があいた。

顔を出したのは、初老の男だった。大柄で、肩幅が広かった。腰も据《す》わっている。長年の剣の修行で鍛えた体であることは、すぐに分かった。

「持田だが、何か用かな」

持田が、市之介と糸川を見ながら訊いた。

「門弟だった者のことで、お訊きしたいことがあって参ったのです」

市之介が言った。

「門を閉じて、何年も経つのでな。分かるかどうか……」

持田はそう言った後、「ともかく、入ってくれ」と言って、市之介と糸川を家に入れた。そして、土間の先の座敷に、市之介と糸川を座らせると、

「茶を淹れよう」

と言い残し、隣の座敷に入った。そこは、さきほど妻女と話していた部屋らしい。

持田は妻女に茶を淹れるように話し、市之介たちのいる座敷にもどってきた。

「話してくれ」

持田が、市之介と糸川に目をむけて言った。

「門弟だった田島のことで、お訊きしたいことがあって参ったのです」

市之介が、田島の名を口にした。

「田島宗三郎《そうざぶろう》か」

持田が顔をしかめた。どうやら、田島は宗三郎という名らしい。持田は、田島のことをよく思っていないようだ。

「すでに、田島とは縁を切った持田どのに訊くのは、心苦しいのですが、何としても田島を取り押さえたいので、こうして参ったのです」

市之介が言うと、脇に座していた糸川が無言でうなずいた。

「田島が、悪事を働いている噂は耳にしておる。……そこもとの言うとおり、いまは田島と何の関わりもない」

持田が、虚空を睨《にら》むように見すえて言った。道場主だったころを思わせる凄みのある顔である。

「狭山という男を、知っていますか」

市之介が、狭山の名を出して訊いた。

「狭山も知っておる。狭山も、わしの道場の門弟だったことがあるのだ。……田島より先に道場に来なくなったがな」

持田が渋い顔をした。

「狭山の家は、御家人ですか」

「そう聞いている」

「田島も狭山も、近ごろ、この道場に来たことはないのですか」

市之介が、念を押すように訊いた。

「ない！……来ても、わしは会わぬ」

持田が、語気を強くして言った。

そのとき、廊下を歩く足音がし、障子があいて、初老の女が姿を見せた。持田の妻女らしい。妻女は湯飲みを置いた盆を手にしていた。市之介たちに、茶を淹れてくれたらしい。

「粗茶ですが」

妻女は小声で言い、市之介たちの膝先に湯飲みを置いた。

市之介たちは黙ったまま、妻女が茶を出すのを見ていた。

妻女は、三人の膝先に湯飲みを置き終えると、

「奥にいますから、何かあったら、声をかけてください」

持田に小声で言い、改めて市之介と糸川に頭を下げて座敷から出ていった。

妻女の足音が遠ざかると、

「狭山と田島は、辻斬りをしているという噂を耳にしたのだが、誠のことかな」

持田が、顔をしかめて訊いた。

「はい、ふたりは何人もに手をかけ、金を奪っています」

市之介は、隠さずに話した。

「武士とは思えぬ悪事を働きおって」

持田の顔が、怒りで赤黒く染まった。

市之介と糸川は、いっとき黙っていたが、

「佐々木という男を知っていますか」

と、糸川が訊いた。

「佐々木平蔵《へいぞう》か」

持田が、名まで口にした。どうやら、佐々木は平蔵という名らしい。

「そうです」

糸川が言った。糸川は、賀島屋のおたえが口にした佐々木に間違いないとみたようだ。

「佐々木は、この道場の師範代だった男だ」

持田によると、佐々木の剣の腕は他の門弟たちに比べて抜きん出ていたが、素行が悪く、他の門弟たちのためにならないとみて、破門したという。

「佐々木の塒《ねぐら》を知っていますか」

糸川が訊いた。

「屋敷は、御竹蔵の裏手と聞いたが」

「家は御家人ですか」

「そうらしい。無役と聞いている」

持田が、湯飲みを手にしたまま言った。茶を飲む気にもなれないらしい。

話が済むと、市之介が、

「この道場の名を汚《けが》さぬよう、狭山たちは、われらの手で始末します」

と言い残し、糸川とともに腰を上げた。

5

市之介が庭に面した座敷で、おみつが淹れてくれた茶を飲んでいると、障子の向こうの庭で慌ただしそうな足音がした。

茂吉らしい。市之介は、足音で茂吉と分かる。

足音は、縁側の先でとまり、

「だ、旦那さま、大変だ！」

と、茂吉の声がした。ひどく慌てている。何かあったらしい。

市之介は立ち上がり、障子をあけて縁側に出た。

「どうした、茂吉」

市之介が訊いた。

「で、出た！」

茂吉が、うわずった声で言った。

「何が、出たのだ」

「辻斬りでさァ」

「なに、辻斬りだと！」

市之介の声が、大きくなった。狭山たちのことが、胸を過《よ》ぎったのだ。

「大店《おおだな》の旦那が、殺《や》られたようですぜ」

茂吉が言った。

「場所は、どこだ」

辻斬りは、狭山たちだろう、と市之介は思った。

「柳原通りでさァ」

「大川端ではないのか」

市之介が訊いた。咄嗟《とっさ》に、薬研堀近くの大川端とみたのだ。

「和泉橋の近くだそうですぜ」

「ともかく、行ってみよう」

市之介は、すぐに部屋の隅の刀掛けに置いてあった大小を手にした。

市之介が座敷から出ようとすると、慌ただしそうな足音がし、おみつとつるが顔を出した。

「い、市之介、何があったの」

つるが、声をつまらせて訊いた。おみつも、驚いたような顔をしている。

「伯父上に頼まれた件で、大事が起こった。すぐに、行かねばならぬ」

市之介はそう言うと、急いで座敷から出た。

玄関に向う市之介の後ろから、おみつとつるがついてきた。ふたりとも、ひどく慌てている。

市之介につづいて、おみつとつるも玄関から出た。玄関先で、茂吉が待っていた。

「旦那さま、気をつけて！」

「市之介、無理をしないようにね」

おみつとつるが、心配そうな顔で市之介に声をかけた。

「案ずるな。今日は、現場を見に行くだけだ」

市之介は女ふたりに声をかけ、茂吉とともに門から出た。

市之介と茂吉は屋敷を出ると、御家人や旗本屋敷のつづく通りを南にむかった。

いっとき足早に歩くと、前方に神田川にかかる和泉橋が見えてきた。

市之介たちは、和泉橋を渡った。そして、橋のたもとに立って、柳原通りの左右に目をやった。

「旦那、あそこだ！」

茂吉が指差した。

和泉橋のたもとから半町ほど離れた場所に、人だかりができていた。柳原通りは、行き交うひとが多かったこともあり、大勢の野次馬が集まっている。そのひとだかりのなかに、八丁堀同心の姿もあった。はっきりしないが、岡っ引きや下っ引きも何人か来ているようだ。

市之介と茂吉が近付くと、人だかりのなかほどにいた糸川が、

「ここだ！」

と言って、手を上げた。すこし離れた場所に、佐々野の姿もあった。ふたりとも、辻斬りの話を耳にして駆け付けたのだろう。

市之介は、茂吉に身を寄せ、

「茂吉、人だかりのなかに牢人体の武士がいたら、そばに行って盗み聞きしてくれ」

と、声をひそめて言った。人込みに紛れて、狭山や田島がいるかもしれないと思ったのだ。それに、こうした人込みのなかで、茂吉に付き纏《まと》われると面倒である。

「承知しやした」

茂吉が目を光らせて言った。

市之介はひとり、人込みを分けて糸川に近付いた。

「見てくれ。殺された両替屋の主人の松右衛門《まつえもん》だ」

糸川が、地面に俯《うつぶ》せに倒れている羽織に小袖姿の男を指差して言った。

松右衛門は、背後から袈裟《けさ》に斬られたらしい。肩から背にかけて羽織が裂け、飛び散った血が辺りを赭黒《あかぐろ》く染めている。

「下手人は、腕のたつ武士だな」

市之介が小声で言った。相手が武器を手にしていない商家の旦那だとしても、一太刀で殺すのは難しい。

「下手人は、狭山たちではないか」

市之介が言い添えた。

「おれも、狭山たちとみた」

糸川が言った。

「大川端から、場所を変えたのかな」

「大川端は、おれたちや町方に目をつけられたとみて、場所を変えたのだろうな」

「殺されたのは、松右衛門、ひとりか」

市之介が訊いた。

「もうひとり、手代の弥之助《やのすけ》も殺されている」

糸川が立ち上がり、「佐々野が、弥之助の近くにいるはずだ」と言って、すこし離れた場所の人だかりを指差して言った。

「殺された手代も、見てみるか」

そう言って、市之介はその場を離れた。糸川はひとり、その場に残った。

6

市之介が別の人だかりに近付くと、

「青井さま、ここへ」

佐々野が手を上げた。

市之介は人だかりを分けて、佐々野に近付いた。

「見てください。殺された手代の弥之助です」

「真っ向へ、一太刀か」

弥之助は、仰向けに倒れていた。額を斬り割られ、顔が赭黒く染まっている。血が辺りの地面にも飛び散っていた。

「下手人は、腕のたつ武士のようです」

佐々野が小声で言った。

「決めつけられないが、狭山たちとみていいのではないか」

市之介は、近くにいる御用聞きに聞こえないように小声で言った。

「大川端でなく、場所を変えたのですか」

「そうみていい。……大川端は、八丁堀やおれたちの目がひかっているとみたのではないか」

「そうかもしれません」

佐々野がうなずいた。

市之介と佐々野が、そんなやり取りをしていると、その場に集まっている男たちがざわめき、「駕籠《かご》だ!」「辻駕籠だぞ」という声が聞こえた。

市之介は、声がした方に目をやった。二挺《ちょう》の辻駕籠と番頭と手代らしい男の姿が見えた。どうやら、殺された両替屋の主人と手代の遺体を引き取るため、店の番頭や手代たちが駆け付けたらしい。二挺の辻駕籠は、ふたりの遺体を乗せて店まで運ぶために用意したのだろう。

番頭らしい男が、人だかりのなかにいた八丁堀同心に何やら話してから、一挺の駕籠と供に、主人の遺体が横たわっているそばに行った。これを見た野次馬たちは、左右に身を引いて、駕籠を通した。

市之介と佐々野は、その場から身を引いた。殺された手代も、駕籠に乗せられるとみたのだ。

市之介、佐々野、糸川の三人は、野次馬たちから離れて通り沿いに植えられた柳の樹陰に身を寄せた。

「どうする」

市之介が、佐々野と糸川に目をやって訊いた。

「近所で聞き込みにあたっても、何も出てこないだろうな」

糸川が言った。

「下手人は、狭山たちと見ていいのではないか」

市之介が言うと、糸川と佐々野が頷いた。

「狭山たちは、昨夜のうちに、本所にあるそれぞれの屋敷に帰ったのではないか」

糸川が言った。

「そうかもしれん」

市之介も、昨夜のうちに、狭山たちは相生町四丁目近くにあるそれぞれの屋敷に帰ったような気がした。

「相生町まで、行ってみるか」

糸川が、市之介と佐々野に目をやって言った。

「そうだな」

市之介も、相生町に出かけ、狭山や田島が己の屋敷に帰っているかどうか確かめてみようと思った。ひとりでも屋敷にいて、捕らえることができれば、他の仲間の居所もつかむことができるだろう。

市之介たち三人が、その場を離れようとしたとき、小走りに近付いてくる茂吉の姿が見えた。茂吉には、人込みに紛れて盗み聞きするように話してあったが、何かつかんだのかもしれない。

市之介たちは、路傍に足をとめた。そこへ、茂吉が走り寄り、

「さ、昨夜のことが、知れやしたぜ！」

と、声を詰まらせて言った。

「何か、つかんだのか」

市之介が訊いた。

「へい、両替屋の主人と手代を斬った下手人は、ふたりでなく三人のようでさァ」

「三人だと」

市之介が聞き返した。糸川と佐々野も、驚いたような顔をして茂吉に目をむけている。「昨夜、飲んだ帰りに、ここを通りかかった男が、いやしてね。そいつは、道端に二本差しが三人いるのを目にしたそうです。……三人は隠れていなかったので、目にした男は、そこで、だれか来るのを待っていると思ったらしいんで」

「三人とも、武士だったのか」

市之介が、念を押すように訊いた。

「三人は小袖に袴姿で、刀を差していたそうです」

「両替屋の主人と手代を襲ったのは、その三人か」

市之介がつぶやくと、

「狭山と田島の他に、師範代の佐々木がくわわったのではないか」

糸川が身を乗り出して言った。

「そうみていいな」

市之介は、佐々木がくわわることもあるのではないかと思った。狭山、田島、佐々木は、同門であり、三人とも素行が悪く、破門された身なのだ。

「どうする、相生町へ行ってみるか」

糸川が、市之介と佐々野に目をやって訊いた。

「行ってみよう。……機会があれば、捕らえてもいい」

市之介は、三人がそれぞれの住家に帰っていれば、捕らえることもできるとみた。

7

市之介、糸川、佐々野の三人は、いったん自分の屋敷に帰った。身形《みなり》を変えるためである。茂吉も市之介と一緒に屋敷にもどったが、身形は変えなかった。

市之介たち三人は身形を変えると言っても、小袖を着流し、網代笠《あじろがさ》をかぶって顔を隠すだけだ。それでも、遠くから見れば、市之介たちと分からないだろう。

市之介たちは和泉橋のたもとに集まると、柳原通りを東にむかい、賑やかな両国広小路を経て竪川沿いの通りに入った。

市之介たちは竪川にかかる二ツ目橋の近くまで来ると、路傍に足をとめ、周囲に目を配った。狭山たちの姿がないか、確かめたのである。

「狭山たちは、いないな」

市之介が言った。通りを行き来しているのは町人が多く、武士は二人いるだけだった。遠方ではっきりしないが、ふたりとも供連れである。御家人であろう。

「どうする」

糸川が訊いた。

「まず、田島の屋敷を探ってみるか」

市之介が言った。

「そうだな。田島が屋敷にいれば、捕らえる手もあるな」

糸川は、その気になっているらしく、双眸《そうぼう》に強いひかりが宿っていた。

市之介たちは、目立たないように離れて歩くことにした。市之介と茂吉が先にたち、佐々野、糸川とつづいた。

市之介と茂吉は武家屋敷のつづく通りに入り、北にむかった。田島家の屋敷はその通りの先にある。

市之介と茂吉は道沿いにあった空き地の前まで来ると、足をとめた。その空き地は、以前田島家の屋敷を探ったときに、通りかかった中間から田島家の屋敷がどこにあるか訊いたところである。田島家の屋敷は、二町ほど先にある。

市之介と茂吉は、後続の佐々野と糸川が近付くのを待った。そして、ふたりがその場に来ると、

「ふたりは、ここで待っていてくれ。おれと茂吉で、田島が屋敷に帰っているかどうか探ってくる」

市之介が糸川と佐々野に言って、茂吉とふたりでその場を離れた。

市之介と茂吉は、人目を引かないようにすこし間を取り、通行人を装って歩いた。市之介はふだんと違って小袖を着流し、網代笠をかぶって顔を隠しているので、田島が市之介の姿を目にしても、すぐに気付かないだろう。

いっとき歩くと、板塀をめぐらせた田島家の屋敷が見えてきた。

市之介は通行人を装い、田島家の屋敷に近付いた。そばまで行くと、板塀の内側から男の話し声が聞こえた。武士の物言いではなかった。中間か、下男であろう。

市之介は屋敷の前で足を緩めたが、そのまま通り過ぎた。そして、半町ほど歩いてから路傍に足をとめた。

市之介は茂吉が近付くのを待ち、

「奉公人の声が聞こえたが、田島がいるかどうか分からないな」

と、小声で言った。

「あっしも、中間らしい男の声を聞きやした」

「屋敷に踏み込むわけにはいかないし、さて、どうしたものか」

「しばらく、様子をみやすか。屋敷から、誰か出てくるかもしれねえ」

「そうだな」

市之介は、田島家の屋敷から誰も出てこなくても、近所の屋敷の住人や奉公人から話を聞けるかもしれないと思った。以前も、田島家の隣の屋敷から出てきた隠居らしい老武士から、話を聞くことができたのだ。

市之介と茂吉は、田島家の屋敷の斜向いにある屋敷の板塀の陰に身を隠した。そこも、百石前後と思われる御家人の屋敷だった。

ふたりがその場に身を隠して、半刻（一時間）ほど経ったが、田島はおろか奉公人も屋敷から出てこなかった。

「出てこねえなァ」

茂吉が、うんざりした顔で言った。

「出直すか。……田島が屋敷に帰ったかどうかも、はっきりしないのだ」

市之介は、空き地で待っている糸川と佐々野も、うんざりしているだろうと思った。

「糸川の旦那たちのところへ帰《けえ》りやしょう」

「そうだな」

市之介も、日を変えて出直そうと思った。

市之介と茂吉は、板塀の陰から通りに出た。そして、来た道を引き返した。市之介たちは田島家の前を通り過ぎて、半町ほど歩いたろうか。

田島家の屋敷の木戸門があいて、三十がらみの男がひとり、姿を見せた。この男は田島家の中間だった。名は利根造《とねぞう》である。

「あのふたり、この屋敷を見張っていたようだ」

利根造はそうつぶやき、市之介たちの跡をつけ始めた。

市之介と茂吉は、利根造の尾行に気付かなかった。来た道を引き返していく。

空き地で、糸川と佐々野が待っていた。ふたりは、うんざりした顔をしていた。

待ちくたびれたのだろう。

「すまん、すまん」

市之介は、ふたりに詫びを言った。

「何か知れたのか」

糸川が訊いた。

「それがな、しばらく見張ったが、田島が屋敷にいるかどうかも分からんのだ。屋敷内に踏み込むわけにもいかないし、諦めてもどってきた」

市之介が、肩を落として言った。

「そうか」

「糸川、どうする」

市之介が糸川に訊いた。

「今日のところは、引き上げるしかないな」

「様子を見て出直すか」

市之介は、二、三日経ってから、あらためて様子を見にこようと思った。

「帰るか」

糸川が肩を落として言った。

市之介たちは、来た道を引き返した。今日は、このままそれぞれの屋敷に帰ることになるだろう。

市之介たち四人の跡をつける者がいた。利根造である。利根造は通行人を装い、巧みに跡をつけていく。

第四章　攻防

1

「手がないな」

市之介が、糸川と佐々野に目をやって言った。

市之介たちが、田島の屋敷を探った三日後である。その後、市之介たちはやることもなく、それぞれの屋敷で過ごしたのだが、今日になって、糸川と佐々野が、今後どうするか、青井家に相談に来たのである。

「このままにしておくと、狭山たちは、また辻斬りをするぞ」

糸川が、顔をしかめて言った。佐々野は何も言わなかったが、肩を落として市之介と糸川のやり取りを聞いている。

「そうだな」

市之介も、糸川の言うとおりだと思った。このままだと、狭山たちは辻斬りをやめないだろう。

「どうだ、賀島屋で訊《き》いてみるか。狭山たちは、両替屋の松右衛門を殺して大金を奪っている。賀島屋に出かけて、楽しんだのではないか」

糸川が言った。

「そうだな。賀島屋で訊いてみるか」

市之介も、狭山たちは柳原通りで松右衛門を殺した後、一度は賀島屋に出かけたのではないかと思った。

「これから、行きますか」

黙って聞いていた佐々野が、口を挟んだ。

「陽が沈む前に、柳橋に行けるな」

市之介は、これから柳橋まで行こうと思った。それに、屋敷にいてもやることがないのだ。

「母上とおみつに、話してくる」

市之介は腰を上げた。

いっとき前まで、おみつとつるが座敷にいたのだが、市之介が「三人だけで、大事な話がある」とふたりに言って、座敷から出てもらったのだ。おみつとつるは、奥の部屋で茶でも飲んでいるはずである。

市之介はおみつとつるに、

「急ぎの用ができたので、糸川たちといっしょに屋敷を出る」

と、伝えた。

おみつとつるは驚いたような顔をして、糸川と佐々野のいる部屋に来た。そして、玄関まで一緒に出て、市之介たち三人を見送った。

市之介たちが門から出て歩きだしたとき、後ろから走り寄る足音がした。茂吉である。茂吉は市之介たちが座敷で話しているときは庭にいたが、屋敷を出たことを知って、追いかけてきたらしい。

茂吉は市之介たちに追いつくなり、

「あ、あっしを置いて、どこへ行くんです」

と、息を弾ませて訊いた。

「柳橋だ」

市之介が言った。

「一杯、やりに行くんですかい」

「そんな金はない」

「何しに行くんで」

「賀島屋だ。狭山たちは、両替屋の主人を襲って大金を手にしたはずだ。賀島屋に飲みに出かけたのではないかと思ってな」

「行きやしょう。あっしも、お供しやす」

茂吉が、意気込んで言った。

市之介たち四人は神田川沿いの道に出ると、東に足をむけた。そして、いったん柳橋のたもとに出てから、賀島屋のある通りに入った。

多くの人が、通りを行き来している。ほとんどが、通り沿いにある料理屋や料理茶屋に来た者だが、三味線の入った箱を手にしている芸者の姿もあった。料理茶屋の客に呼ばれて、店にむかうのであろう。

市之介たちは、賀島屋の近くまで来て足をとめた。

「店に入って、一杯やりながら、話を訊きたいがな」

そう言って、市之介は糸川と佐々野に目をやった。

ふたりは苦笑いを浮かべて、首を横に振った。賀島屋で一杯やるほどの金は持ち合わせていないらしい。

「仕方ない。話の聞けそうな者が、店から出て来るのを待つか」

市之介たちは、賀島屋の斜向《はすむか》いにあった小料理屋の脇に立った。そこで、店から出てくる者を待つのである。

話の聞けそうな者は、なかなか出てこなかった。市之介たちが、路傍に立って待つのが苦痛になってきたとき、

「旦那、女将ですぜ」

茂吉が身を乗り出して言った。

賀島屋から先に顔を出したのは女将だったが、つづいて女中と商家の旦那ふうの男が姿を見せた。座敷についた女中と女将が、客の男を送り出すところである。

「女将に聞いてみる」

そう言って、市之介がその場を離れようとした。

そのとき、商家の旦那ふうの男は、「女将、また、来る」と言い残し、店先から離れた。女将と女中は男が通りに出ると、踵《きびす》を返して店に入ってしまった。

市之介は、賀島屋の近くまでいって足をとめた。女将と女中は店に入ってしまい、話を聞くことができなかった。

市之介は、遠ざかっていく客の後ろ姿に目をやった。男は道のなかほどを、ゆっくりとした歩調で歩いていく。

……あの男に訊いてみるか。

市之介は、すぐに男の後を追った。

市之介が男に近付くと、男は足をとめて振り返った。背後に迫ってくる足音を耳にしたのだろう。

男は市之介を見て、顔に恐怖の色を浮かべた。いきなり駆け寄ってきた武士を見て、斬り殺されると思ったのかもしれない。

「済まぬ。驚かせてしまったようだ」

市之介が、照れたような笑いを浮かべて言った。

すると、男の顔から恐怖の色が拭い取ったように消えた。市之介のことを悪い男ではないとみたらしい。

「何か、御用でしょうか」

男が、笑みを浮かべて訊いた。

「ちと、訊きたいことがあってな。歩きながらで、結構だ」

そう言って、市之介はゆっくりとした歩調で歩きだした。

「賀島屋には、よく来るのか」

市之介が、世間話でもするような口調で訊いた。

「いえ、月に二、三度です。それも、商いの相談のために来るんです。今日は、たまたま近くを通りかかりましてね。ひとりで立ち寄ったわけです」

「そうか。……ところで、狭山という武士を知らんかな。田島や佐々木という武士といっしょに、賀島屋に来ることがあるのだが」

市之介は、三人の名を出して訊いた。

「狭山さまたちなら、存じてますよ。……もっとも、名を知ってるだけで、話をしたこともありませんが」

男によると、何度か店内で狭山たちを見掛けたことがあり、そのとき女将や女中が、狭山たちの名を口にしたので、覚えたという。

「今日、狭山たちを見掛けたか」

市之介が訊いた。

「いえ、見掛けませんが」

「ちかごろ、見掛けたのは、いつかな」

「三日前の晩、見掛けましたが」

「三日前か」

市之介たちが、相生町へ田島の屋敷を探りにいった日である。田島だけでなく、狭山と佐々木も賀島屋に来ていたようだ。

「狭山たちは、賀島屋によく来るのか」

「よく、御見えになるようですよ。狭山さまたちは、賀島屋さんを贔屓《ひいき》にしているようですから」

「そうか」

市之介は、賀島屋に目を配っていれば、狭山たちを討つことができるとみた。狭山たちは遣《つか》い手だが、酔っていれば腕が落ちるはずだ。

市之介は男に礼を言って、足をとめた。

市之介は、糸川たちのいる場に戻ると、賀島屋の客から聞いた話を一通り口にし、

「今夜は、来てないようだ」

と、言い添えた。

「賀島屋を見張り、狭山たちが来た晩に捕らえるなり、討つなりすればいいのだな」

糸川が、佐々野にも目をやった。

「そういうことだ」

「今夜は、帰るか」

糸川が言うと、

「どうだ、せっかく柳橋まで来たのだ。……賀島屋は無理だが、近くの小料理屋にでも寄って、一杯飲まないか」

市之介が、男たちに目をやって言った。

「一杯、やりやしょう」

茂吉が、身を乗り出して言った。その気になっている。

2

市之介たちが、柳橋に出かけた二日後だった。市之介が、座敷でおみつが淹《い》れてくれた茶を飲んでいると、縁側に近付いてくる足音がした。

……茂吉か。

市之介は、足音で茂吉と分かった。

足音は縁先に近寄り、旦那、旦那、と呼ぶ茂吉の声がした。何かあったらしく、声に昂《たかぶ》った響きがある。

市之介はすぐに立ち上がり、障子をあけて縁側に出た。

茂吉が市之介の顔を見るなり、

「旦那、男がこの屋敷を探っていやす」

と、声をひそめて言った。

「狭山たちか」

市之介の胸に、狭山たちのことがよぎった。

「それが、見たこともねえ男なんで」

茂吉によると、男は遊び人ふうの男で、すこし離れた武家屋敷の築地塀《ついじべい》の陰に身を隠して、青井家の屋敷に目をやっているという。

「町人か」

市之介が、念を押すように訊いた。

「へい」

「狭山たちの手先かもしれんな」

「どうしやす」

「放っておけないな」

市之介が言った。その男が狭山たちの手先なら、自分たちの動きが狭山たちに知れてしまう。

「その男、いまもいるのか」

「いるはずでさァ」

「行ってみよう。玄関で待っててくれ」

市之介は座敷にもどり、刀掛に置いてあった大小を手にした。

市之介は奥の座敷にいるおみつとつるに、「所用があって、出かけてくる」とだけ言い置き、玄関にむかった。

おみつとつるは、慌てた様子で座敷から出ると、市之介の後についてきた。そして、市之介につづいて玄関から出ると、

「旦那さま、気をつけて」

おみつが言い、つるは心配そうな顔をして、「市之介、危ないことはしないでね」と言い添えた。

市之介はおみつとつるに見送られ、茂吉とふたりで表門から出た。

茂吉は市之介と一緒に門の脇に身を寄せ、

「田中《たなか》様のお屋敷の築地塀の陰にいやす」

と、指差して言った。

田中家は、三百石の旗本だった。屋敷は、一町ほど先にある。

市之介が、田中家の屋敷の築地塀に目をやった。塀の角のところに、人影があった。遠方ではっきりしないが、町人であることは分かった。

「捕らえたいが、近付くと気付かれるな」

青井家をうかがっている男は、こちらから近付けば、気付いて逃げるのではないか、と市之介は思った。

「あっしが、田中様のお屋敷の向こうにまわりやしょう」

茂吉が目をひからせて言った。挟み撃ちにする気らしい。

「頼む」

市之介の屋敷の裏手から、小径をたどって行けば、田中家の屋敷の先に出られるが、他家の屋敷の裏手や脇をたどらねばならない。

「行きやす」

茂吉はそう言い残し、いったん屋敷の敷地内にもどった。裏手の小径をたどって、田中家の屋敷の先に出るのだ。

市之介はその場にとどまり、身をひそめている男の目にとまらない場所から、通りの先に目をやっていた。

茂吉は、なかなか姿を見せなかった。何か障害があって、茂吉は田中家の屋敷の先に出られないのではあるまいか、と市之介が思い始めたとき、遠方に茂吉が姿をあらわした。

……よし、行くぞ。

市之介は胸の内で声を上げ、通りに出て、田中家の屋敷に足をむけた。

築地塀の角に身を隠していた男の姿が、ふいに見えなくなった。市之介が近付いてくるのを目にし、身を引いて隠れたらしい。

通りの先に、茂吉の姿がちいさく見えた。茂吉は、男が身を隠している築地塀の方に歩いてくる。

市之介は、足を速めた。しだいに、男が姿を隠した築地塀に近付いていく。

そのとき、茂吉が小走りになった。身を隠している男が、茂吉に気付いて逃げようとしたのかもしれない。

市之介は、走りだした。すると、茂吉も走った。ふたりは、男が身を潜めている場所に一気に近付いた。

市之介が男が身を潜めている場所に迫ったとき、いきなり男が築地塀の陰から飛び出した。市之介と茂吉が、左右から迫ってくるのに気付いたらしい。

「神妙にしろ！」

茂吉が叫び、懐から十手を取り出した。

茂吉は知り合いの御用聞きから古い十手を貰い、持ち歩くことがあった。匕首《あいくち》や脇差だと、相手を殺すことがあるし、十手を見ると、観念して逆らわない者もいる。それに、茂吉は匕首や脇差で戦うのは得意ではない。

男は、懐から匕首を取り出した。そして、茂吉に切っ先を向けると、

「殺してやる！」

叫びざま、匕首を前に突き出すように構えて踏み込んできた。

茂吉は、慌てて身を引いた。十手で、匕首の攻撃をおさえるほどの腕はない。

男は茂吉の脇をすり抜け、逃げようとして前に出た。そこへ、市之介が踏み込み、鋭い気合とともに、峰に返した刀身を一閃《いっせん》させた。一瞬の太刀捌《たちさば》きである。

峰打ちが、男の右の二の腕を強打した。

ギャッ！　という悲鳴を上げ、男は匕首を取り落として、よろめいた。

市之介は踏み込み、

「動くな！」

と声をかけ、手にした刀の切っ先を男の喉元にむけた。

男は目を剝いて、その場につっ立った。

「茂吉、縄があるか」

市之介が、茂吉に訊いた。

「縄はねえが、手ぬぐいで、こいつの腕を縛りやす」

そう言って、茂吉は手ぬぐいを取り出し、男の両腕を後ろにとって手首を縛った。なかなか手際がいい。

3

市之介と茂吉は、捕らえた男を佐々野家の納屋に連れていった。幸い、佐々野は屋敷にいたので、納屋に連れ込むことができた。

以前、捕らえた平助は、納屋にいなかった。その後、平助は伯父が品川《しながわ》で一膳めし屋をやっているので、店を手伝いたい、と言い出したので、逃がしてやったのだ。市之介たちは目付筋として、幕臣の探索捕縛にあたるのが任務で、町人がかかわった事件は町奉行所の仕事である。それに、平助は狭山たちの手先として動いていただけで、事件とのかかわりはあまりなかったのだ。

「糸川さまは、どうしますか」

佐々野が訊いた。

「ここから、糸川の屋敷は近かったな」

「はい」

「声をかけてくれないか。ふたりが来るまで、おれはここで待つ」

「分かりました」

佐々野は、納屋から外に出た。

市之介は茂吉とふたりで納屋に残り、捕らえた男に名を訊いてみた。

男は、すぐに名乗らなかったが、市之介が、「名無しと、呼べばいいのか」と穏やかな声で言うと、

「利根造でさァ」

すぐに、名乗った。利根造は、いまさら名を隠しても仕方がないと思ったようだ。

「利根造か」

市之介は、名しか訊かなかった。利根造の訊問は、糸川たちが来てからやるつもりだったのだ。

それからしばらくして、納屋に近付くふたりの足音がして、引き戸があいた。姿を見せたのは、糸川と佐々野である。

「この男は、おれの屋敷を見張っていたのだ。……名は利根造」

市之介が、糸川と佐々野に目をやって言った。

「狭山たちの仲間か」

糸川が訊いた。

「そうみている」

市之介はそう言った後、利根造を見すえ、

「狭山たちの仲間だな」

と、念を押すように訊いた。

利根造は、口をとじたまま ちいさくうなずいた。

「狭山家に奉公しているのか」

さらに、市之介が訊いた。

「田島様にお仕えしてやす」

「中間《ちゅうげん》か」

「へい」

「おれの屋敷を見張ったのは、どういうわけだ」

「田島様に、旦那の動きを探るように言われやした」

利根造が首をすくめて言った。

「田島は、おれの動きを探って、どうするつもりだったのだ」

「……………」

利根造は、戸惑うような顔をして市之介を見上げたが、何も言わなかった。

「待ち伏せて、おれを斬る気だったのではないか」

市之介が、語気を強くして言った。

「そうかもしれねえ」

利根造は、視線を膝先に落としたまま小声で言った。

「おれが、田島を討ち取る」

そう言って、市之介は利根造の前から身を引き、

「糸川、訊いてくれ」

と、声をかけた。

「利根造、田島の仲間に、狭山と佐々木という御家人がいるな。ふたりとも、持田道場で同門だった男だ」

糸川が訊いた。

「いやす」

利根造が視線を膝先に落としたまま言った。

「ふたりの屋敷も、田島家の屋敷の近くにあるようだが、三人は持田道場で知り合い、道場をやめた後、辻斬りで金を奪うようになったのだな」

糸川が念を押すように訊いた。

「そうで……」

利根造が、小声で言った。

「狭山、田島、佐々木の三人は、自分の屋敷にいないことが多いのか」

糸川が訊いた。

「出かけることが、多いようで……」

「辻斬りに、出かけるのか」

「それもありやすが、遊びにも出かけやす。屋敷にいても、やることがねえでさア」

利根造は、隠さず話すようになった。市之介を相手に話したことで、隠す気が薄れたのだろう。

「どこへ、遊びに行くのだ」

糸川が訊いた。

「贔屓にしている料理屋や賭場《とば》に行くことが多いようで」

「料理屋は、賀島屋か」

「そうでさァ」

「狭山、田島、佐々木の三人で行くのだな」

「ちかごろは、半兵衛《はんべえ》の旦那も一緒にいくようで」

「半兵衛という男は」

糸川が、身を乗り出すようにして訊いた。

「森谷《もりたに》半兵衛という名で、若いころ人斬り半兵衛と、恐れられた男でさァ。半兵衛の旦那も、若いころ持田道場にいたことがありやしてね。平気で人を斬るんで、道場主の持田様が破門にしたと聞きやした。……だいぶ、昔のことなんで、あっしも、忘れてました」

利根造の体が、かすかに震えていた。人斬り半兵衛のことを思い出したのだろう。

市之介たちの訊問が終わると、

「あっしを、帰《けえ》してくだせえ」

利根造が、市之介、糸川、佐々野の三人に目をやって言った。

「どこへ帰るのだ。狭山たちは、おまえをよく帰ってきたと喜んで迎えてくれるか。……おれたちに、捕らえられたことを知れば、狭山たちのことを話したとみて、その場で殺されるぞ」

市之介が言った。

「そうかもしれねえ」

「しばらく、ここにいろ。様子を見て、帰してやる」

市之介がそう言い、利根造を残して糸川たちと一緒に納屋から出た。

4

利根造を訊問した翌日、市之介は茂吉を連れて青井家の屋敷を出た。柳橋へ行き、賀島屋に狭山たちが来ているか、確かめてみるのだ。いれば、店から出たところを捕らえるつもりだが、抵抗すれば討つことになる。

和泉橋のたもとまで行くと、糸川と佐々野が待っていた。橋のたもとで、待ち合わせることになっていたのだ。

「待たせたか」

市之介が、糸川に訊いた。

「いや、おれたちも、今来たところだ」

「まだ、すこし早いかな」

市之介が、上空に目をやって言った。陽は、まだ東の空にあった。四ツ（午前十時）前だろう。

「柳橋に着いたら、めしでも食わないか。すこし早いが、昼飯を済ませておこう」

市之介が言った。

「そうだな」

糸川がうなずいた。

市之介たちは、神田川沿いの道を東にむかった。いっとき歩くと、賑やかな浅草橋のたもとに出た。

橋のたもとを横切り、さらに神田川沿いの道を歩いて、柳橋が目の前に見えるところまで来た。

「そこに、一膳めし屋がありやす」

茂吉が、道沿いにある店を指差して言った。

陽はだいぶ高くなっていた。まだ、昼前だが、一膳めし屋のなかから客たちの声が聞こえた。

「腹拵《はらごしら》えをしていくか」

市之介が言った。

「そうしやしょう」

茂吉が先にたって、一膳めし屋の暖簾《のれん》をくぐった。

店のなかには、何人かの客の姿があった。船頭や職人ふうの男などが、土間に置かれた飯台を前にして酒を飲んだり、飯を食ったりしている。

市之介たちは、あいている飯台を前にして、腰掛け代りに置かれている空樽に腰を下ろした。

注文を訊きにきた小女《こおんな》に、市之介たちはめしだけ頼んだ。さすがに、一杯やる気にはなれなかった。

市之介たちはめしを食べ、ゆっくり茶を飲んでから一膳めし屋を出た。陽は頭上にまわっていた。九ツ（正午）ごろである。

「賀島屋へ、行ってみるか」

市之介が、糸川たちに声をかけた。

市之介たちは、柳橋のたもとに出ると、賀島屋のある通りに入った。人通りが多かった。料理屋や料理茶屋に来た客も少なくないようだ。

市之介たちは、前方に賀島屋が見えるところまで来ると、路傍に足をとめた。

「糸川と佐々野は、ここにいてくれ。おれと、茂吉とで様子を見てくる」

市之介はそう言って、茂吉とふたりで賀島屋にむかった。

賀島屋の店先に、暖簾が出ていた。客がいるらしく、二階の座敷から嬌声《きょうせい》や男の笑い声などが聞こえてきた。

市之介と茂吉は、賀島屋の前まで来ると、すこし歩調を緩めたが足をとめずに通り過ぎた。そして、半町ほど歩いたとき、茂吉が背後を振り返り、

「旦那、店から客が出て来やしたぜ」

と、市之介に身を寄せて言った。

見ると、商家の旦那ふうの男がふたり、女中と女将に見送られて店の入口から

離れるところだった。

「早い帰りだな」

市之介が言った。

ふたりの客は、市之介たちのいる方に歩いてくる。

「昼飯でも食いながら、商いの話でもしたのかもしれねえ」

茂吉は、ふたりの男に目をやったまま、「ふたりに、店の様子を訊いてみやすか」と言い添えた。

「そうだな。武士の客がいたかどうか訊いてみるか」

市之介が、路傍に足をとめて言った。

「旦那、あっしが聞いてみやしょうか」

「茂吉に、頼む」

市之介は、茂吉に任せようと思った。

ふたりの男は何やら話しながら、路傍に立っている市之介と茂吉の前を通り過ぎた。

茂吉は、ふたりの男がすこし離れたところで後を追い、後ろから声をかけた。

そして、茂吉はふたりの男と肩を並べて歩きだした。茂吉は、ふたりの男と何やら話しながら歩いていく。

茂吉はふたりの男と歩いていたが、半町ほど行くと、茂吉だけ足をとめた。そして、踵を返してもどってきた。ふたりの男は振り返りもせず、そのまま歩いていく。

茂吉は市之介のそばにもどると、

「旦那、賀島屋の客のなかに、二本差しがいるようですぜ」

と、昂った声で言った。

「武士の名は、知れたか」

「ふたりとも、名は聞いてねえようで」

「それで、武士は何人来ているのだ」

「あっしが話を訊いたふたりは、廊下で武士をひとり見掛けただけなので、何人来ているか分からねえと言ってやした」

「仕方あるまい。他の客のいる座敷を覗いて見るわけにはいかないからな」

「どうしやす」

「ともかく、糸川たちのいる場にもどろう」

市之介と茂吉は、来た道を引き返した。

市之介は、糸川と佐々野のいる場にもどると、茂吉が話を訊いた男は、武士がひとり廊下を歩いているのを目にしただけなので、何人いるか分からないと話した。

「ひとりでも、ふたりでもかまわない。賀島屋にいる武士が狭山たちなら、捕えるなり、討ち取るなりすればいい」

糸川が言った。

「よし、賀島屋にいる武士が狭山たちなら、おれたちの手で討ち取ろう」

市之介は、捕らえる、とは言わなかった。狭山たちを捕らえるのは、むずかしいとみていたし、ひとりの剣客として、真剣勝負で討ちたいという思いがあったからだ。

5

市之介たちは、賀島屋から半町ほど離れた小料理屋の脇に身を隠した。そこから、狭山たちが出てくるのを待つことにした。

賀島屋から、客が何人か出てきたが、いずれも商家の旦那ふうの男や職人ふうの男などで、武士は姿を見せなかった。

「出て来ねえなァ」

茂吉が、生欠伸《なまあくび》を嚙み殺して言った。

そのときだった。賀島屋から武士がひとり出てきた。入口近くで、女将と何やら話している。

「狭山だ！」

市之介が言った。顔がはっきり見えなかったが、女将が口にした「狭山さま」という声が聞こえたのだ。

狭山は戸口で女将に、「また、来る」と声をかけ、その場から離れた。狭山はひとり、大川の方へむかって歩いていく。

女将は、狭山が店先から離れると、すぐに店に入ってしまった。

「つけるぞ」

市之介たちは通りに出て、狭山の跡をつけた。

市之介は、妙だな、と思った。狭山は、やけにゆっくり歩いていくのだ。それに、狭山が賀島屋にひとりで来ていることも腑に落ちなかった。田島や師範代の佐々木は、一緒ではないのか。

市之介たちが、狭山の跡をつけて半町ほど歩いたときだった。また、賀島屋から武士が出てきた。

三人──。田島と佐々木、それに牢人体の男だった。牢人体の男は、長身で肩幅がひろかった。遣い手らしく、身辺に隙がない。名は、森谷半兵衛。利根造が口にした男である。

狭山が賭場で、半兵衛と知り合ったのだ。

狭山たちは、市之介たちに待ち伏せされることも考え、半兵衛に声をかけて同行したのだ。そして、二階の座敷で飲んでいるとき、すこし開けてあった障子の間から店の前の通りに目をやった。そのとき、市之介と茂吉が、賀島屋を出た客と何やら話しているのを目にした。

……おれたちを待ち伏せしている。

と、狭山は察知した。

狭山たちは、半兵衛が一緒にいることもあって、市之介たちを討ち取るいい機会とみて、市之介たちをおびき出して討ち取ろうとした。そして、狭山だけが先に賀島屋を出て、市之介たちに尾行させ、大川端沿いの道に連れだそうとしたのだ。

田島たち三人は、前を行く市之介たちに気付かれないように間をとって歩いていく。

市之介たちは自分たちが尾行されているなどとは、思ってもみなかった。前を行く狭山を見失わないように、前方に目をやって歩いていく。

前を行く狭山が、大川端沿いの道に出た。そこは、人通りがすくなかった。近所の住人らしい者や船頭などが、通りかかるだけである。

市之介たちは大川端沿いの道に出て川上にむかい、一町ほど歩いたろうか。道沿いが空き地になっている場所までくると、先を行く狭山が足をとめて振り返った。狭山は体を市之介たちにむけ、薄笑いを浮かべている。

市之介、糸川、佐々野、茂吉の四人も足をとめた。

「かかったな」

狭山が、市之介たちを見すえて言った。

「なに！」

そのとき、市之介は狭山が何か企《たくら》んでいることは察知したが、田島たちに尾行されているとは思わなかった。

市之介は、背後から走り寄る何人もの足音を聞いた。振り返ると、三人の武士が小走りに近付いてくる。

「田島たちだ！」

糸川が声を上げた。

背後から、田島、佐々木、それに牢人体の男が走り寄った。牢人体の男は、半兵衛である。

「大川を背にしろ！」

市之介が、叫んだ。前後から挟み討ちになるとみたのだ。

市之介、糸川、佐々野、茂吉の四人は、大川を背にして立った。そこへ、狭山たちが足早に近付いてきた。

「こやつは、おれが斬る」

そう言って、牢人体の半兵衛が、市之介の前に立った。

糸川の前には、持田道場の師範代だった佐々木が立ち塞がった。佐々野の前には狭山、茂吉の前には田島が立った。ただ、茂吉は市之介に身を寄せていたので、田島は脇から、市之介に切っ先をむけているとみてもいい。

「おぬし、名は」

市之介が、名を訊いた。

「名無し」

半兵衛が、口許に薄笑いを浮かべて言った。

「狭山たちの仲間か」

さらに、市之介が訊いた。

「問答無用」

言いざま、半兵衛は抜刀した。

すかさず、市之介も刀を抜いた。そして、青眼《せいがん》に構えた。

半兵衛は、八相《はっそう》に構えをとった。切っ先で、天空を突き刺すように刀身を垂直に立てている。腰の据《す》わった大きな構えである。

……手練《てだれ》だ！

と、市之介は察知した。

半兵衛の構えは隙がないだけでなく、上から覆い被さってくるような威圧感があった。市之介は青眼に構え、切っ先を半兵衛の左拳にむけた。八相に対応する構えである。

半兵衛の顔にも、驚きの色が浮いた。市之介の構えに隙がないだけでなく、切っ先がそのまま左拳に迫ってくるような威圧感があったからだ。

「おぬし、できるな」

半兵衛が、市之介を見すえて言った。

6

糸川は佐々木と対峙《たいじ》し、青眼に構えていた。腰の据わった隙のない構えである。

佐々木も、相青眼にとった。構えに隙がなく、糸川の目にむけられた剣尖《けんせん》に、そのまま眼前に迫ってくるような威圧感がある。

佐々木は、持田道場の師範代だった男である。遣い手とみていい。

「いい、構えだ」

佐々木が、口許に薄笑いを浮かべて言った。

糸川と佐々木の間合は、およそ二間半――。真剣勝負の立ち合いの間合としては、やや近いが、何人もの男たちがそれぞれ敵と対峙し、刀を向け合っているので、間合がひろくとれないのだ。

「いくぞ！」

佐々木が、先《せん》をとった。

佐々木は青眼に構えたまま足裏を摺《す》るようにして、ジリジリと間合を狭めていく。

対する糸川は、動かなかった。いや、動けなかったのである。糸川は、大川を背にして立っていたので、下がれないのだ。

佐々木が、一足一刀の斬撃の間境《まざかい》まで迫ってきた。

……斬撃の間境まで、あと一歩！

糸川がそう読んだとき、ふいに佐々木の寄り身がとまった。このまま斬撃の間境を超えるのは、危険だと察知したのかもしれない。

佐々木は全身に斬撃の気配を見せ、右足をわずかに踏み出し、イヤアッ！と裂帛《れっぱく》の気合を発した。斬り込むとみせて、糸川の気を乱そうとしたのだ。

だが、気合を発したことで、佐々木の体に力が入り、わずかに構えが崩れた。

この一瞬の隙を糸川がとらえた。

糸川は青眼に構えたまま一歩踏み込み、タアッ！と鋭い気合を発して斬り込んだ。

青眼から袈裟《けさ》へ――。

一瞬の斬撃である。

咄嗟《とっさ》に、佐々木は身を引いたが、間に合わなかった。

ザクリ、と小袖が、肩から胸にかけて裂けた。

だが、浅手だった。咄嗟に身を引いたため、皮肉を浅く裂かれただけである。露《あらわ》になった佐々木の胸から、血が赤い筋になって流れ落ちている。

佐々木は素早い動きで、糸川との間合をとり、ふたたび青眼に構えると、

「おぬし、やるな！」

と、糸川を見すえて言った。双眸《そうぼう》が燃えるようにひかっている。

糸川も青眼に構え、切っ先を佐々木の目にむけた。

このとき、佐々野が、ワッ、と声を上げ、後ろに身を引いた。小袖の右袖が裂けている。対峙していた狭山の斬撃を浴びたのだ。

佐々野の露になった右の二の腕に、血の色があったが、浅手だった。薄く、皮肉を裂かれただけである。

だが、佐々野は狭山に追い詰められていた。踵《かかと》が、大川の岸際に迫っている。

「次は、おぬしの首を落とす」

狭山はそう言って、ジリジリと佐々野との間合を狭めていく。

市之介は、半兵衛と向き合っていた。

半兵衛は八相に構えていた。大きな構えで、上から覆いかぶさってくるような威圧感がある。

対する市之介は、青眼である。腰の据わった隙のない構えで、剣尖が半兵衛の刀の柄《つか》を握った左拳にむけられている。

ふたりの間合は、およそ二間半——。まだ、一足一刀の斬撃の間境の外である。

ふたりは全身に気勢を漲《みなぎ》らせ、斬撃の構えを見せて気魄《きはく》で攻め合っていた。気攻めである。

ふたりは、青眼と八相に構えたまま動かなかった。どれほどの時間が過ぎたのか、時の経過の意識もなかった。

そのとき、大川の岸際を客を乗せた猪牙舟《ちょきぶね》が通りかかった。船宿の舟で、吉原《よしわら》からの帰りの客を乗せているようだ。

「斬り合いだ！」

と、舟に乗っている客が叫んだ。

その声で、半兵衛の全身に斬撃の気がはしった。

イヤアッ！

半兵衛が、裂帛の気合とともに斬り込んできた。

踏み込みざま、八相から袈裟へ――。稲妻のような閃光がはしった。

一瞬、市之介は身を引いた。

半兵衛の切っ先が、市之介の胸の近くをかすめて空を切った。次の瞬間、市之介は刀身を横に払った。一瞬の反応である。

市之介の切っ先が、半兵衛の右の小袖の二の腕辺りを横に斬り裂いた。次の瞬間、ふたりは後ろに跳んで、間合を大きくとった。

市之介と半兵衛は、ふたたび青眼と八相に構え合った。

半兵衛の小袖は横に裂けていたが、あらわになった二の腕に血の色はなかった。市之介の切っ先が斬り裂いたのは、着物の袖だけらしい。

「やるな！」

半兵衛が、市之介を見すえて言った。双眸が切っ先のように鋭い光をはなっている。

このとき、茂吉は佐々野の脇にいた。前に、田島が立ち塞がっている。田島は薄笑いを浮かべて、手にした刀を茂吉にむけていた。

茂吉も手にした十手を田島にむけていたが、その十手が小刻みに震えていた。田島に切っ先をむけられた恐怖で、体が震えているのだ。

「おまえは、町方か」

田島が、薄笑いを浮かべて訊いた。

「……………」

茂吉は、無言で後じさった。

「町方だろうが、容赦しないぞ」

田島は、摺り足で茂吉との間合を狭めてきた。

茂吉は後ろに身を引いた。踵が、大川の岸際に迫っている。

7

「おぬし、何流を遣う」

市之介が、半兵衛に訊いた。

「若いころ、一刀流の道場に通っていたがな。いまは、真剣勝負で斬り覚えた森谷流を遣う」

半兵衛が、嘯《うそぶ》くように言った。

「一刀流というと、持田道場だな」

市之介は、半兵衛が持田道場の門人だったことを思い出した。

「そうだが、持田道場に通っていたのは、十五、六のときでな。道場のことなど、忘れたよ」

半兵衛は大きく間合をとって青眼に構えていたが、刀を上げて八相に構えなおした。

対する市之介は青眼に構え、剣尖を森谷の目にむけていた。腰の据わった隙のない構えである。

「狭山や田島と、同門だったのか」

さらに、市之介が訊いた。

「若い頃な。……同門といっても、二年ほど同じ道場で稽古しただけだ」

半兵衛はそう言うと、「昔のことなど、どうでもいい」と吐き捨てるように言い、全身に気勢を漲らせ、斬撃の気配を見せた。

だが、半兵衛は間合をつめてこなかった。市之介の構えに乱れがないので、迂《う》闊《かっ》に近付けないと思ったらしい。

茂吉は、田島の前に立っていた。手にした十手を田島にむけていたが、その十手が震えていた。恐怖で、体が震えているのだ。

「十手など、しまえ」

田島が、薄笑いを浮かべて言った。

「御上に、歯向かう気か」

茂吉が上擦った声で言った。

「おまえは、町方か」

田島は、切っ先を茂吉にむけたまま訊いた。

「町方じゃァねえ。おれの旦那は、幕府の御目付だ」

茂吉が、顎を突き出すようにして言った。市之介は目付筋でなかったが、糸川や佐々野が目付筋なので、そう言ったのである。

「御目付な。……それなら、なおさら、ここで始末しないとまずいな。御目付に、睨《にら》まれたくないのでな」

田島はそう言うと、一歩踏み出して茂吉との間合をつめた。

……斬られる！

茂吉は脳裏で叫び、慌てて一歩身を引いた。踵が、岸際に迫っている。これ以上、下がれない。

咄嗟に、茂吉は懐に手をつっ込んで呼び子を取り出した。そして、顎を突き出すようにして呼び子を吹いた。

ピリピリピリ……と、呼び子が鳴り響いた。

「こやつ！　呼び子など吹きよって」

田島が声を上げ、踏み込んできた。

これを見た茂吉の脇にいた佐々野が、踏み込んで田島に斬りつけた。対峙していた狭山の一瞬の隙をとらえて、仕掛けたのだ。

ザクリ、と田島の小袖が、肩から胸にかけて裂けた。そして、露になった胸に血の線が浮き、血が赤い帯のようになって流れ落ちた。深手である。

「おのれ！」

田島が、顔をしかめて叫んだ。

田島は左手で傷口を押さえていたが、立っていられなくなり、その場にへたり込んだ。そのとき、通りかかった数人の男が、呼び子の音を耳にして走り寄ってきた。町人が多かったが、武士の姿もあった。

これを見た狭山は、佐々野から身を引き、

「引け！　引け」

と、仲間たちに声をかけた。

市之介と対峙していた半兵衛も、すばやく身を引き、

「勝負、預けた！」

と、声をかけ、反転して走り出した。

佐々木と狭山も、その場から走った。

市之介たちは、逃げる半兵衛たちを追わなかった。逃げたのである。もっとも、追っても追いつかなかったかもしれない。

市之介が、その場に集まってきた男たちに目をやり、

「逃げた男たちは、辻斬り一味なのだ」

と、声を大きくして言った。

集まった男たちは、すぐにその場から離れず、立ったまま近くに座り込んでいる田島に目をやっていたが、ひとり去り、ふたり去りして、市之介たちから離れていった。

市之介は、苦しげに喘《あえ》ぎ声を上げている田島の背後にまわって体を支えてやり、

「おぬしたちは、おれたちが目を配っているのを承知で、賀島屋へ来たのではないか」

と、訊いた。

「そ、そうだ」

田島が、苦しげに顔をしかめて言った。隠そうとしなかった。己を見捨てて逃げた狭山たちを守る気はないようだ。

「おれたちを始末する気だったのか」

さらに、市之介が訊いた。

「半兵衛どのが、仲間にくわわったので、勝てると踏んだのだ」

田島が、声を震わせて言った。口から喘ぎ声が洩れている。田島の傷は深く、出血が激しかった。

田島は長く持たぬ、と市之介はみて、

「半兵衛の住家《すみか》は、どこにある」

と、田島を見すえて訊いた。

「回向院《えこういん》の近くだ……」

「武家屋敷か」

「ち、違う。……半兵衛どのは牢人暮らしで、借家に住んでいる」

「妻女といっしょか」

「め、妾《めかけ》だ」

田島の喘ぎ声が、激しくなった。肩で息をしている。

「半兵衛が仲間に加わったのは、どういう訳だ」

畳み掛けるように、市之介が訊いた。

「か、金だ……」

そのとき、田島は顎を突き出すようにし、グッと喉のつまったような呻《うめ》き声を漏らした。ふいに全身から力が抜け、がっくりと頭が前に垂れた。息の音が聞こえない。

「死んだ……」

市之介は、田島の肩をつかんで体を支えたまま言った。

市之介たちは、田島の死体をそのままにしておけないので、通り沿いにあった空き地に運んだ。

「田島家の者が、始末するだろう」

そう言って、市之介は糸川たちと一緒にその場を離れた。

第五章　隠れ家

1

市之介は、茂吉を連れて青井家の屋敷を出た。五ツ（午前八時）ごろである。糸川たちと一緒に御竹蔵の近くの武家地に行くのだ。そこにある狭山と佐々木の屋敷を探り、ふたりを討つつもりでいた。

すでに、狭山の屋敷はつきとめてあったが、佐々木の屋敷は御竹蔵の裏手にあると分かっているだけである。ただ、御竹蔵の裏手に行って、土地の者に訊《き》けば、手間をかけずに突き止められるはずだ。

市之介と茂吉が、神田川にかかる和泉橋のたもとまで行くと、糸川と佐々野が待っていた。市之介たちは、そこで待ち合わせることにしてあったのだ。

「待たせたか」

市之介が、糸川に訊いた。

「おれたちも、来たばかりだ」

そう言って、糸川が和泉橋に足をむけた。

市之介たちは和泉橋を渡り、柳原通りを東にむかった。賑やかな両国広小路を経て、大川にかかる両国橋を渡り、竪川沿いの通りに入った。

竪川沿いの通りを東にむかい、二ツ目橋の近くまで行ってから左手の通りに足をむけた。その辺りは相生町四丁目で、しばらく歩いて町人地を抜けると、狭山家の屋敷のある武家地に出られる。

武家地に入ると、糸川が先にたった。道筋は分かっていた。以前、この辺りに来たとき、糸川と佐々野のふたりで、狭山の屋敷をつきとめたのだ。

糸川が先に立ち、市之介たちは御竹蔵にむかって歩いた。通り沿いには、御家人や小身の旗本屋敷がつづいている。通りかかる者も、供連れの御家人や旗本と思われる武士や中間《ちゅうげん》などが多かった。

武家屋敷のつづく通りをいっとき歩いたとき、糸川が路傍に足をとめ、

「そこが、狭山家の屋敷だ」

と言って、斜向《はすむか》いにある武家屋敷を指差した。板塀がめぐらせてあった。禄高が百石ほどの御家人の屋敷である。

門の木戸は、しめられていた。ひっそりとして、人声は聞こえなかった。廊下を歩いているらしい足音や障子を開け閉めする音がかすかに聞こえた。

「やけに静かだな」

糸川が小声で言った。

「狭山は、屋敷にいるかな」

市之介は、いないような気がした。

「いずれにしろ、屋敷に踏み込むわけには、いかないな」

糸川が言った。

「せっかく来たのだ。しばらく様子をみるか」

市之介たちは、狭山家の斜向いにある旗本屋敷の築地塀《ついじべい》の陰に身を隠し、狭山家の屋敷の木戸門に目をやった。

市之介たちがその場に身を隠して、半刻（一時間）ほど経ったが、狭山家の屋敷から誰も出てこなかった。

それからいっときすると、屋敷の木戸門がすこしだけ開いて、中間がふたり出てきた。

ふたりは、何か話しながら市之介たちのいる方に歩いてくる。

「あっしが、ふたりに訊いてきやす」

茂吉がそう言い残し、築地塀の陰から通りに出た。

茂吉はふたりの中間に声をかけ、一緒に歩いていたが、半町ほど歩くと足をとめた。そして、踵《きびす》を返して足早にもどってきた。ふたりの中間は、そのまま歩いていく。

茂吉は築地塀の陰にもどって来ると、

「狭山は屋敷にいないそうですぜ」

すぐに、言った。

「どこへ、行ったのだ」

「中間は近所らしいと話しやしたが、行き先は知らないようでした」

「そうか」

「気になることを耳にしやした」

そう言って、茂吉は糸川と佐々野にも目をやった。

「なんだ、気になるとは」

市之介が訊いた。

「屋敷内には、牢人が何人かいるそうでさァ」

「牢人がいるだと」

市之介が聞き返した。糸川と佐々野も茂吉に目をむけている。

「狭山が用心のために、屋敷に連れてきたようですぜ」

「おれたちに、襲われることを予想して集めたのだな」

「迂闊《うかつ》に、屋敷に踏み込めないぞ」

糸川の顔が、厳しくなった。

それから、一刻（二時間）ほどして、市之介たちは、築地塀の陰から通りに出た。狭山が屋敷を出る様子がないので、今日のところは、このままそれぞれの屋敷に帰るつもりだった。

市之介たちが来た道を引き返し、狭山家の屋敷から半町ほど過ぎたときだった。狭山家の門がすこし開き、牢人体の男が姿を見せた。四人もいる。牢人たちにつづいて、狭山が出てきた。狭山たち五人は、足早に市之介たちの後を追ってきた。狭山は、市之介たちの襲撃に備え、牢人たちを集めていたにちがいない。

市之介たちは、背後から来る狭山たちに気付かなかった。武家屋敷のつづく通りを歩き、道の片側が空き地になっているところに出た。その辺りは町人地が近いこともあって、武士の姿はあまり見掛けない。

そのとき、背後から走り寄る何人もの足音が聞こえた。

「何人も追いかけてきやす！」

茂吉が声を上げた。

「狭山たちだ！」

市之介は、五人の武士のなかに狭山の姿があるのを目にした。

「走れ！　この先の細い道に入るのだ」

市之介が、声をかけた。

半町ほど行くと、道が急に細くなった。それに、道の両側に御家人の屋敷がある。

市之介たちは、走った。そして、道の両側に御家人の屋敷のある場まで来ると、足をとめ、市之介と糸川が前に立った。佐々野と茂吉は、市之介たちの後ろにまわった。その態勢で、狭山たちを迎え撃つのだ。

狭山たちが、走り寄った。市之介の前に狭山が立ち、糸川の前には大柄な牢人が立った。他の三人の牢人は、狭山たちの後ろにいる。道幅が狭く、市之介たちの背後にまわれないのだ。

狭山は戸惑うような顔をして辺りに目をやり、

「屋敷の裏手をまわれ！」

と、背後にいる三人に声をかけた。屋敷の裏手をまわって、市之介たちの背後に出るつもりなのだ。

三人が御家人の屋敷の裏手にまわろうとして反転したが、その場から動かなかった。通りの先に、何人もの供を連れた騎馬の武士の姿があった。一行が、近付いてくる。武士は、近所の屋敷に住む旗本のようだ。

「こやつら、辻斬り一味でござる！」

市之介が、声をかけた。

すると、脇にいた茂吉が懐から十手を取り出し、御用！　御用！　と声をかけた。こんなときのために、茂吉は十手や呼び子などを懐に入れていたのだ。

狭山は茂吉が取り出した十手を見て、

「引け！　この場は引け！」

と、そばにいた牢人たちに声をかけた。

狭山は牢人たちとともに身を引き、旗本の一行の手前まで行くと、空き地のなかに逃げ込んだ。

市之介は、近付いてきた騎馬の旗本に頭を下げ、

「あやつら、近ごろ巷《ちまた》を騒がせている辻斬り一味でございます。御陰で、助かりました」と言って、頭を下げた。

そして、市之介は糸川たちとともにその場を離れた。

2

市之介たちは竪川沿いの道にもどると、両国橋の方に足をむけた。今日のところは、それぞれの屋敷に帰るつもりだった。

「青井、どうする」

歩きながら、糸川が訊いた。

「あれだけ、牢人たちを集めていると、迂闊に仕掛けられないな」

市之介は、狭山家の屋敷を見張り、狭山が出てくるのを待って捕らえるのはむずかしいと思った。

「先に、師範代だった佐々木を捕らえるか」

糸川が言った。

「屋敷は、御竹蔵の裏手ということだったな」

「そうだ」

「御竹蔵の裏手というだけでは、探すのが難しいぞ」

御竹蔵の裏手には武家地が広がり、旗本や御家人の屋敷がつづいている。

「やはり、狭山が先か」

糸川が、つぶやくような声で言った。

「おれは、狭山が屋敷内に籠っているとは思えないのだ。賀島屋に出入りしていたのもそうだが、屋敷を出て密《ひそ》かに楽しむ場や隠れ家があるのではないか。辻斬りで得た金を持っているはずだからな」

「狭山は牢人たちを連れずに、屋敷を出るときがあるということだな」

「そうだ」

「また、狭山家の屋敷を見張るのか」

糸川が訊いた。

「下手に屋敷を見張ると、今日の二の舞いだな」

市之介は、何か別の手を考えようと思った。

「どうする」

「狭山のことを知っている者に、訊いてみるか」

「だれに訊く」

「屋敷に出入りしている下働きでも、中間でもいい」

市之介が言った。屋敷に奉公している者なら、狭山の日頃の行動も知っているだろう。

翌日、市之介たちは、七ツ（午後四時）ごろになってから狭山家の近くに来て、昨日と同じように旗本屋敷の築地塀に身を隠した。狭山家の者や出入りする牢人などの目にとまらないように、できるだけ塀の陰から出ないようにした。

市之介たちがその場にきて、半刻（一時間）ほど経ったろうか。狭山家の屋敷の木戸門があいて、男がひとり出てきた。初老である。小袖を裾高に尻《しり》っ端折《ぱしょ》りして、両脛を露にしていた。下男かもしれない。

「おれが訊いてくる」

そう言い残し、糸川がその場を離れた。

糸川は男と何やら話していたが、しばらく歩いたところで足をとめ、足早に市之介たちのいる場にもどってきた。

「何か知れたか」

すぐに、市之介が訊いた。

「知れた。狭山は陽が沈むころ出かけて、屋敷に帰らないことがあるそうだ」

糸川が言った。

「辻斬りに出かけた日ではないか」

「ちがうらしい。……情婦《いろ》がいるようだ」

「情婦だと」

市之介の声が、大きくなった。

「そうだ。下男の話だと、情婦は小料理屋の女将をやっているらしい」

「その小料理屋は、どこにある」

市之介は、小料理屋に目を配れば、狭山を捕らえるなり、討つなりできるのではないかと思った。

「桔梗屋《ききょう》という店でな、相生町四丁目の竪川沿いの通りにあるそうだ」

「行けば、分かるな」

「分かるはずだ」

「行ってみよう」

市之介が、その場にいる佐々野と茂吉に目をやって言った。

市之介たちはその場を離れ、来た道をたどって竪川沿いの道に出た。陽は沈みかけていた。行き交う人は、町人が多かった。一日の仕事を終えた職人や物売りなどが、通り過ぎていく。

「小料理屋だったな」

市之介は通り沿いの店に目をやって歩いたが、小料理屋らしい店はなかった。店仕舞いして、表戸を閉めてしまった店もある。

「あっしが、訊いてきやしょう」

そう言って、茂吉が通り沿いにあった下駄屋に立ち寄った。

市之介たちが路傍に足をとめて待つと、茂吉が足早に戻ってきた。

「小料理屋は、知れたか」

市之介が訊いた。

「知れやした。二町ほど行くと、そば屋がありやしてね。そのそば屋の脇の道を入ると、小料理屋があるそうで」

茂吉が、市之介たちに目をやって言った。

「行ってみよう」

市之介たちは、竪川沿いの道を西にむかった。

二町ほど歩くと、そば屋があった。その脇に細い道がある。

川沿いの道は、市之介たちが相生町四丁目に来たとき、何度も通り、そば屋も目にしていたが、脇道まで意識して見なかったのだ。

脇道を入ると、小料理屋らしい店が目にとまった。道沿いには、一膳めし屋やそば屋などの小体な店が並んでいる。竪川沿いの道を行き来する者が、立ち寄る店らしい。

市之介たちは、小料理屋の脇まできて足をとめた。店の出入り口が、洒落《しゃれ》た造りの格子戸になっている。

店はひらいているらしく、暖簾《のれん》が出ていた。客もいるようだ。店内から、女の声や男の笑い声などが聞こえた。

「狭山はいるかな」

糸川が言った。

「店に、踏み込むわけにはいかないな」

市之介は店に狭山が居ても、客のいる店内で刀を振りまわすことはできないと思った。

「しばらく、様子を見よう」

糸川が言った。

3

市之介たちは、人目を引かないようにそば屋の脇に身を寄せて隠れ、小料理屋に目をむけた。

市之介たちがその場に来て、小半刻（三十分）ほど経ったろうか。小料理屋の格子戸があいて、男がふたり、それに女将らしい年増が姿を見せた。ふたりの男は、職人ふうだった。年増は、女将であろう。

大柄な男が、見送りに来た女将に卑猥なことでも言ったらしく、女将が「まァ、嫌だ、この人」と言って、大柄な男の肩先をたたいた。

大柄な男は、「女将、また来るぜ」と声をかけ、もうひとりの歳の若そうな男とふたりで、店先から離れた。

女将はふたりの男が店先から離れると、踵を返して店に入った。

ふたりの男は何か卑猥な話でもしているらしく、下卑た笑い声を上げて店先から遠ざかっていく。

「あのふたりに、訊いてみる」

そう言い残し、市之介は足早にふたりの男の後を追った。

市之介はふたりの男に追いつき、大柄な男の脇を歩きながら、

「ちと、訊きたいことがある」

と、声をかけた。

「な、何です」

大柄な男が、強張《こわば》った顔をして訊いた。いきなり、武士が近寄ってきて、声をかけたからだろう。

「いま、そこの小料理屋から出てきたな」

市之介が、小料理屋を指差した。

「へ、へい」

大柄な男が、首をすくめて応えた。もうひとりの若い男は怯えるような目をして、市之介を見ている。

「女将の名を、知っているか」

「知ってやす。おれんさんでさァ」

「おれんか。……おれんには、二本差しの情夫《いろ》がいると聞いたが、まことなのか」

「へ、へい」

大柄な男が、小声で答えた。

「情夫の名を、聞いたことがあるか」

「ありやす」

「何という名だ」

市之介は、念のために訊いてみた。

「狭山さまでさァ。……御家人と聞きやしたぜ」

大柄な男の口許に薄笑いが浮いたが、すぐに消えた。

「狭山は、店にいたのか」

市之介は、大柄な男に目をやって訊いた。

「店にいることは、少ねえんで」

そう言って、大柄な男は脇を歩いている若い男に目をやった。

「狭山の旦那は、二階にいるようでさァ」

若い男が、声をひそめて言った。

「二階にも、座敷があるのか」

「ありやすが、客を入れる座敷じゃァねえんで。……女将が寝泊まりしてる部屋が、二階にありやしてね。狭山の旦那は、そこにいるようで」

若い男が、薄笑いを浮かべた。

「そうか。ところで、狭山の他に武士はいなかったか」

市之介が、声をあらためて訊いた。

「今日は、見掛けやせん」

大柄な男によると、狭山はときおり仲間の武士を連れてきて、店で飲むことがあるという。

「手間をとらせたな」

市之介は、足をとめた。それ以上、ふたりから訊くことはなかったのだ。

ふたりの男がすこし離れるのを待って、市之介は踵を返して糸川たちのいる場にもどった。

「狭山は、店に来ているのか」

糸川が、市之介に訊いた。

「来ているようだ」

市之介は、ふたりの男から聞いたことを一通り話した。

「店に、踏み込みますか」

佐々野が、意気込んで言った。

「踏み込むのもいいが、狭い店のなかでやり合うと、おれたちのなかからも犠牲者が出るぞ」

市之介は、できれば店のなかで狭山と戦いたくなかった。

それからしばらくして、店の外で待つことに焦《じ》れてきたとき、

「あっしが、狭山を外に呼び出しやしょうか」

と、茂吉が目を光らせて言った。

「茂吉、できるのか」

市之介が訊いた。

「やってみねえと分からねえが、佐々木の名を出して、頼まれて来たと話してみやす」

茂吉の目に、鋭さがあった。やる気になっているようだ。

「茂吉、やってみろ」

市之介が声をかけた。

「へい」

茂吉は市之介たちから離れ、ひとり小料理屋の戸口にむかった。

茂吉が小料理屋の戸口の格子戸に身を寄せると、なかから男の濁声と女将らしい女の声が聞こえた。まだ、客がいるらしい。

茂吉は、格子戸をあけた。狭い土間があり、その先が、小上がりになっていた。店のなかに、客らしい男がふたり、それに女将の姿もあった。ふたりの客は、職人らしい年配の男だった。

「いらっしゃい」

女将が、茂吉に声をかけて腰を上げた。

4

茂吉は女将が近付くのを待って、

「狭山の旦那に、知らせることがあって来やした」

と、声をひそめて言った。

女将の顔から笑みが消え、

「だれかに、頼まれたのかい」

と、茂吉に身を寄せて訊いた。

「へい、佐々木の旦那に、頼まれて来やした」

茂吉は、佐々木の名を出した。佐々木も、狭山と一緒にこの店に来たことがあると踏んだのだ。

「ここで、待っておくれ。すぐに、旦那に知らせてくるから」

そう言い残し、女将は慌てた様子で、小上がりの脇にある階段を上った。

茂吉が土間に立って待つと、階段を降りるふたりの足音がし、女将につづいて狭山が姿を見せた。

狭山は茂吉を見たが、何も言わなかった。茂吉の立っている場は暗がりだったし、どこかで茂吉の姿を目にしたことがあっても、顔までは覚えていないだろう。

「佐々木どのに、頼まれて来たのか」

狭山が茂吉に訊いた。

「へい、佐々木の旦那は、近くまで来てやしてね。あっしは、狭山の旦那を呼んでくるように頼まれたんでさァ」

茂吉が、作り話を口にした。

「佐々木どのは、なぜ店に来ないのだ」

狭山が訊いた。

「それが、来られねえんで」

「何かあったのか」

「へい、二本差しのふたりに跡をつけられやしてね。……そいつらに、この店を知られたくねえんで、あっしに旦那を呼んでくるように話したんでさァ」

「佐々木どのは、近くまで来ているのか」

狭山が念を押すように訊いた。

「橋の近くに来てやす」

「行ってみよう」

狭山は、女将に、「すぐに、もどる」と声をかけ、茂吉と一緒に小料理屋を出た。

「こっちで」

茂吉は、小料理屋の前の道を竪川沿いの道の方にむかった。

狭山は茂吉の後についてくる。

ふたりが、小料理屋の前から離れたときだった。路傍に身を隠していた市之介と糸川が、通りに飛び出した。

佐々野は、路傍にとどまっている。狭山ひとりを討つのは、市之介と糸川のふたりで十分だったのだ。

市之介が狭山の前に、糸川は背後にまわり込んだ。

狭山は、いきなり飛び出してきた市之介と糸川を見て、一瞬凍りついたように身を固くしたが、

「騙し討ちか!」

と、叫びざま、近くにあった表戸をしめた店を背にして立った。背後からの攻撃を避けるためである。

茂吉は身を引いて、市之介たちからすこし離れた路傍に立ち、狭山を見つめている。

市之介は刀を抜いて切っ先を狭山にむけ、

「狭山、抜け!」

と、声をかけた。素手で立っている狭山を斬りたくなかったのだ。

「おのれ!」

狭山は、顔をしかめて刀を抜いた。

市之介が青眼《せいがん》に構えて切っ先を狭山にむけると、

「ふたりで、挟み撃ちにする気か」

狭山は切っ先を市之介にむけたまま、背後にいる糸川に目をやって言った。

「おれは、おぬしの逃げ道を塞いでいるだけだ」

糸川が言って、一歩身を引いた。糸川は、市之介に狭山を任せる気でいたのだ。むろん、市之介が危ういとみれば、助太刀にくわわる。

市之介と狭山の間合は、およそ二間半――。真剣勝負の立合いの間合としては近いが、その路地は狭く、広く取れないのだ。

市之介は青眼に構え、剣尖《けんせん》を狭山の目にむけた。狭山は八相《はっそう》に構え、柄《つか》を握った両手を高くとり、切っ先を天空にむけている。

ふたりは、青眼と八相に構えたまま対峙《たいじ》していたが、狭山が先《せん》をとった。

「いくぞ!」

狭山は声をかけ、足裏を摺《す》るようにして、ジリジリと市之介との間合を狭めてきた。全身に斬撃の気が満ちている。

市之介は、青眼に構えたまま立っていた。刀の切っ先を狭山の目にむけたまま、ふたりの間合を読んでいる。

斬撃の間境《まざかい》まで、あと半間――。

市之介が、胸の内で読んだ。

そのとき、狭山の動きがとまった。狭山は間合が狭まっても動じない市之介を見て、このまま斬撃の間境に踏み込むと、斬られると察知したようだ。

狭山はいきなり半歩踏み込み、
トオッ！

と裂帛《れっぱく》の気合を発した。動きと気合で、市之介の構えをくずそうとしたのだ。

だが、唐突な動きで、狭山の気が乱れ、構えが崩れた。この一瞬の隙を、市之介がとらえた。

タアッ！

市之介が一歩踏み込みざま、青眼から真っ向へ斬り込んだ。

咄嗟《とっさ》に、狭山は左手に体を寄せて、市之介の斬撃をかわそうとした。

だが、市之介の斬り込みの方が速かった。

ザクリ、と、市之介の切っ先が、狭山の右肩から胸にかけて斬り裂いた。

だが浅手だった。狭山の露《あらわ》になった胸に血の筋がはしり、肌を赤く染めたが、出血はわずかである。

5

「おのれ！」

狭山は、目をつり上げて声を上げた。

八相に構えた刀身が、小刻みに震えている。市之介に肩から胸にかけて斬られたことで、刀を手にした両腕に力が入っているのだ。

「狭山、勝負あったぞ」

市之介が、声をかけた。

「まだだ！」

叫びざま、狭山が一歩踏み込んだ。八相から斬り込もうとしている。

市之介は青眼に構えて切っ先を狭山の目にむけていたが、その切っ先を下げて目線からはずした。狭山に斬り込ませるために、正面に隙を見せたのだ。

次の瞬間、狭山の全身に斬撃の気がはしった。

イヤアッ！

裂帛の気合を発し、狭山が斬り込んできた。

踏み込みざま、八相から袈裟へ――。

この斬撃を読んでいた市之介は、一歩身を引きざま袈裟《けさ》に斬り込んだ。一瞬の太刀《たち》捌《さば》きである。

袈裟と袈裟――。

狭山の斬撃の方が速かったが、わずかに切っ先がとどかず、市之介の肩先をかすめて空を切った。

一瞬遅れた市之介の切っ先は、狭山の首筋から胸にかけて斬り裂いた。狭山が踏み込んできたところを狙ったので、切っ先がとどいたのだ。

狭山の首から血が噴いた。市之介は素早く身を引いて、狭山から離れた。

狭山は血を流しながらよろめいたが、足が止まると、その場にへたり込んだ。

左手で血の流れ出る首を押さえている。

……狭山は助からない。

と、市之介はみたが、懐から手拭いを取り出し、

「狭山、手を放せ」

と声をかけ、折り畳んだ手拭いを狭山の首に押し当てた。

狭山は呻《うめ》き声を上げ、手拭いを両手で押さえている。見る間に、手拭いが血で

赤く染まっていく。

「狭山、訊きたいことがある」

市之介が、狭山を見つめて言った。市之介は狭山から訊きたいことがあって、出血を抑え、意識をはっきりさせておきたかったのだ。

狭山は市之介に目をむけたが、何も言わなかった。

「佐々木の塒《ねぐら》は、どこだ」

市之介が、声高に訊いた。

「し、知らぬ」

狭山が、顔をしかめて言った。

「いまさら、隠してどうなる。佐々木が助けにくるとでも思っているのか」

「……」

狭山の体の震えが、大きくなってきた。

「どこにある」

さらに、市之介が訊いた。

「お、御竹蔵の裏手……」

「裏手のどこだ」

市之介は、佐々木家の屋敷は御竹蔵の裏手にあると聞いていた。ただ、裏手には広大な武家地がひろがり、旗本や御家人の屋敷がつづいていた。裏手と知れただけでは、探すのが難しい。

「大名の下屋敷のすぐ裏だ」

狭山が言うと、市之介の脇で聞いていた糸川が、

「下屋敷のある場所を知っている」

と、口を挟んだ。

市之介は、佐々木のことはそれ以上訊かず、

「糸川、何かあったら、訊いてくれ」

と、糸川に目をやって言った。

「狭山、御家人でありながら、なぜ辻斬りなどして、金を奪うような悪事に手を染めたのだ」

糸川が狭山に訊いた。

「……」

狭山は、顔をしかめたまま何も言わなかった。体の顫《ふる》えが、激しくなっている。長い命ではないようだ。

「なぜ、辻斬りなどするようになったのだ！」

糸川の語気が、強くなった。

「か、金だ。……非役の御家人は、幕臣といっても扶持《ふち》はわずかだ」

狭山が声をつまらせて言った。

「そうだな」

糸川は否定しなかった。御徒《おかち》目付の糸川も、禄高はわずかである。

「だが、わずかな扶持で暮らしている幕臣は、いくらもいる。扶持が少ないと言って、辻斬りなどやって許されるわけがない」

糸川が、狭山を見つめて言った。

「……」

狭山は無言で頭を垂れた。

糸川はいっとき間を置き、

「森谷半兵衛は、回向院の近くに住んでいるそうだな」

と、矛先を変えて訊いた。

「そう聞いている」

狭山の体の顫えが、さらに激しくなってきた。

「町人地か」

「ま、松坂町《まつざかちょう》、一丁目……」

狭山が声をつまらせて言った後、グッと喉の詰まったような呻き声を上げ、顎を前に突き出すようにして身を固くした。すると、体から急に力が抜け、ガックリと頭が前に落ちた。

狭山は、頭を垂れたまま動かなかった。息の音が聞こえない。

「死んだ」

市之介が小声で言った。

6

狭山を討ち取った翌日、市之介、糸川、佐々野の三人は、本所の番場町にむかった。

佐々木を討つ前に、道場主の持田稲兵衛に師範代だった佐々木のことを聞いてみようと思ったのだ。

茂吉を連れてこなかったのは、佐々木の住居が分かっているので、茂吉の手を借りる必要がなかったからだ。

市之介たちは番場町に入り、剣術道場の前まで行ってみた。道場は以前見たときと同じように傷んでいた。市之介たちが訪ねた後も、道場は放置されたままらしい。

市之介たちは道場の脇を通り、裏手にある母屋にむかった。母屋の戸口まで行くと、道場主の持田の声が聞こえた。妻女と話しているらしい。

市之介たちは母屋の戸口に近付き、

「持田どの、おられますか」

と、市之介が声をかけた。

すると、家のなかの話し声がやみ、すぐに、「青井どののようだ」という持田の声が聞こえた。どうやら、市之介の声を覚えていたようだ。

家のなかで、土間に降りる足音がし、すぐに板戸があいた。

戸口から顔を出した持田は、

「青井どのたちか、よく来てくれた」

と、笑みを浮かべて言い、市之介たち三人を家に招じ入れた。

持田は座敷にいた妻女に、茶を淹《い》れるよう、話した。そして、妻女が座敷から去ってから、市之介たちを座敷に上げた。座敷が狭かったので、そうしたらしい。

「持田どのに、お話ししておくことがあって参りました」

市之介が声をあらためて言った。

「何かな」

「門弟だった田島と狭山どのを、我らの手で討ちました」

市之介が言うと、そばに座した糸川と佐々野が、無言でうなずいた。ふたりとも厳しい顔をしている。

「仕方あるまい。田島と狭山が、悪事を働いていることは分かっている。……そこもとたちの手で討たれたと聞いて、ほっとした」

持田が、肩を落として言った。すでに道場を閉じ、田島や狭山と縁を切っていたが、それでも門弟だった者たちの悪事に、心を痛めていたのであろう。

「実は、佐々木平蔵も田島たちとともに、辻斬りをして金を奪っていたのです。まだ、佐々木は討てていません」

市之介が言った。

「あやつは、腕が立つからな」

「いずれ、佐々木も、われらの手で討つつもりでいます」

市之介がそう言って、口をつぐんだとき、廊下を歩く足音がして障子があいた。姿を見せたのは、持田の妻女だった。妻女は茶を淹れてくれたらしく、手にした盆に湯飲みがのせてあった。

「いらっしゃいまし」

妻女は、笑みを浮かべて市之介たちに声をかけた。以前顔を合わせた市之介たちを覚えていたらしい。

「お邪魔してます」

市之介が言い、糸川と佐々野が妻女に頭を下げた。

妻女は市之介たちの膝先に湯飲みを置くと、佐々野のそばに座したまま戸惑うような顔をした。座敷にとどまって男の話にくわわるのは、気が引けるようだ。

「剣術の話でな。何かあったら、声をかけるから、奥にいてくれ」

持田が、妻女に声をかけた。

はい、と妻女は応えた後、あらためて市之介たちに頭を下げ、座敷から出ていった。

「師範代だった佐々木平蔵を、討つつもりでいます」

市之介が語気を強くして言うと、糸川と佐々野もうなずいた。

「佐々木も辻斬り一味とあっては、生かしてはおけまい」

持田が、眉を寄せて言った。

「はい」

市之介は、否定しなかった。

「わしの道場から、何人もの辻斬りが出るとはな」

持田は、顔をしかめた。

市之介が口をつぐんでいると、

「持田どのは、森谷半兵衛という男を知っていますか」

糸川が訊いた。

持田は驚いたような顔をして、糸川の顔を見た後、

「知っている」

と、虚空を睨《にら》むように見すえて言った。

「半兵衛も、持田どのの道場にいたことがあると、耳にしましたが……」

糸川は語尾を濁した。訊きづらかったのだろう。

「あやつが、道場を去ったのは、昔のことだ」

持田によると、半兵衛は門弟のなかでもずばぬけて腕が立ったが、若いころか

ら平気でひとを斬ったり、金品を奪ったりする悪事が絶えなかったという。それで、やむなく破門したそうだ。

「いずれにしろ、わしの道場から出ていった者たちが、一緒になって悪事を働いているわけだな」

持田が、苦渋に顔をしかめた。

市之介たち三人も口をつぐみ、座敷は重苦しい沈黙につつまれた。

そのとき、市之介が持田に顔をむけ、

「半兵衛や狭山が悪事を働いたのは、この道場を出てからです。しかも、何年も経った後です。この道場は、何のかかわりもありません」

と、きっぱりと言った。

持田は市之介を見つめた後、

「そう言ってもらうと、背負っていた荷が軽くなったように思える」

と、苦笑いを浮かべて言った。

市之介は、すでに半兵衛と刃を交えていたが、

「それがし、ひとりの剣客として半兵衛と勝負するつもりです」

と、強い響きのある声で言った。

持田はちいさくうなずいた後、

「おぬしなら、勝てる」

と、市之介を見つめて言った。

7

市之介たちは持田の家を出ると、来た道を引き返した。そして、御竹蔵の裏手にむかった。佐々木家の屋敷に立ち寄り、佐々木がいれば討つつもりでいた。

糸川が御竹蔵にむかいながら、

「佐々木は、おれにやらせてくれないか」

と、市之介に目をやって言った。

糸川の胸の内には、半兵衛を市之介にまかせ、佐々木は自分の手で討ちたいという思いがあるようだ。

「糸川に任せるが、危ういとみたら助太刀するぞ」

市之介が言った。佐々木は、持田道場の師範代だった男である。腕がたつとみなければならない。市之介は、糸川の戦いの様子を見て加勢しようと思った。

「勝手にしてくれ」

糸川が苦笑いを浮かべた。

市之介たち三人は、そんなやりとりをして歩いているうちに御竹蔵の裏手に着いた。

「この道だ」

糸川が、大名の下屋敷の裏手につづく道を指差して言った。大名屋敷は築地塀で囲われ、道は塀沿いにつづいていた。

糸川が先にたち、市之介たちが後についた。大名屋敷の反対側には、御家人や旗本の屋敷が並んでいた。

「どれが、佐々木の屋敷か分からんな」

糸川はそう言って、御家人や旗本の屋敷に目をやった。

「あの中間に、訊いてみるか」

糸川が、前方を指差して言った。

ふたりの中間が、何やら話しながら歩いてくる。

糸川は小走りになって市之介たちから離れ、ふたりの中間に近付いた。そして、何やら声をかけ、路傍に足をとめてふたりの中間と話し始めた。

いっときすると、ふたりの中間は歩きだした。糸川は、路傍にとどまっている。

市之介たちを待っているようだ。

市之介たちは、足を速めた。途中、ふたりの中間とすれ違った後、糸川のそばに足をとめた。

「佐々木家の屋敷が、知れたよ」

糸川が通りの先を指差し、佐々木家の屋敷は、この場から二町ほど先にあることを話した。

「行ってみよう」

市之介が先にたって、通りの先にむかった。

二町ほど歩くと、市之介は路傍に足をとめ、

「その屋敷ではないか」

と言って、斜向いにある板塀をめぐらせた屋敷を指差した。禄高が、百石以下と思われる御家人の屋敷である。近くにあるのは旗本屋敷なので、佐々木家の屋敷とみていいかもしれない。

「念のため、近所の者に訊いてみるか」

糸川が、通りに目をやって言った。

遠方に、旗本と思われる武士の姿があった。こちらに歩いてくる。旗本としては禄高が少ないらしく、供は五人だけだった。若党らしき者がふたり、中間三人である。

「おれが、訊いてみる」

糸川が小走りに、旗本の一行に近付いた。

糸川は旗本と一緒にいっとき歩いていたが、路傍に立ち止まった。市之介たちを待っているらしい。旗本は、市之介たちのいる方に歩いてくる。

市之介たちは路傍に足をとめて頭を下げ、旗本が通り過ぎるのを待ってから、糸川のそばにいった。

「やはり、あれが佐々木家の屋敷だ」

糸川が、板塀をめぐらせた屋敷を指差して言った。

「屋敷に、佐々木はいるかな」

市之介が訊いた。

「分からん。……屋敷に踏み込むわけにはいかないし、しばらく様子を見るしかないな」

糸川はそう言い、辺りに目をやった。そして、佐々木家の屋敷の斜前にある旗

本屋敷を指差し、

「その屋敷の築地塀の陰に隠れて、佐々木が姿を見せるのを待つか」

と、市之介たちに目をやって言った。

「そうだな」

市之介たちは、築地塀の陰にまわった。陰と言っても、塀の角である。そこに、屋敷の裏手にまわる小径があったのだ。

市之介たちは、築地塀の陰から佐々木家の屋敷を見張った。それから、一刻（二時間）ほど経ったろうか。佐々木家からは、だれも出てこなかった。

「佐々木は、屋敷にいるのかな」

市之介が、うんざりした顔で言った。

「分からん」

糸川も、渋い顔をしている。

「おれが、屋敷を覗いてきます」

そう言って、佐々野が築地塀の陰から小径に出た。

ふいに、佐々野の足がとまり、「出てきた！」と小声で言い、慌てて築地塀の陰にまわった。

佐々木家の屋敷の木戸門があき、佐々木が下働きらしい男を連れて出てきた。

佐々木は、男と何やら話しながら市之介たちのいる方に近付いてくる。

「おれが、佐々木の後ろへまわる」

市之介が声を殺して言った。

「おれは、前だ」

糸川は殺気立っている。

「いくぞ!」

市之介が先に飛び出し、糸川がつづいた。佐々野は、築地塀の陰にとどまっている。糸川と市之介の戦いの様子を見て、加勢に加わるはずだ。

8

佐々木が、ギョッとしたような顔をして足をとめた。いきなり、ふたりの男が飛び出してきたからだろう。

佐々木の後ろにいた中間は、身を顫わせてその場につっ立った。市之介たちに、襲われると思ったらしい。

糸川は佐々木の前に立ち塞がり、

「佐々木、縄を受けるか！」

と、佐々木を見すえて訊いた。

市之介は佐々木の背後に立ち、刀の柄に右手を添えて、抜刀体勢をとっている。

「おのれ！　返り討ちにしてくれるわ」

叫びざま、佐々木が抜刀した。

すかさず、糸川も抜いた。そして、青眼に構えると、切っ先を佐々木の目にむけた。腰の据《す》わった隙のない構えである。

佐々木の背後にまわった市之介も刀を抜き、八相に構えた。八相だと、踏み込みざま背後から袈裟に斬りつけられるからだ。

佐々木の後ろにいた中間は、市之介が八相に構えたのを見ると、佐々木のそばから離れた。中間は蒼褪《あおざ》めた顔で脇の築地塀に身を寄せ、塀を背で擦るようにして、そろそろと逃げていく。

市之介は、中間を無視した。八相に構えたまま、佐々木の動きを見つめている。

佐々木は青眼に構え、切っ先を糸川の喉元にむけていた。持田道場の師範代だったけあって、腰の据わった隙のない構えである。

糸川も、青眼に構えて佐々木と対峙していた。

ふたりの間合は、およそ二間半――。真剣勝負の立ち合いの間合としては、すこし近かった。その場が狭く、広くとれないのだ。

「いくぞ!」

先に仕掛けたのは、佐々木だった。

佐々木は青眼に構えたまま、爪先を趾《あしゆび》を這うように動かして、ジリジリと間合を狭めていく。

対する糸川は、動かなかった。気を鎮めて、佐々木との間合と斬撃の気配を読んでいる。

ふいに、佐々木の寄り身がとまった。動じない糸川を目にし、このまま斬撃の間合に踏み込むのは、危険だと察知したようだ。

イヤアッ!

突如、佐々木が裂帛の気合を発した。

気合で、糸川の気を乱そうとしたらしい。だが、気合を発したことで、一瞬、佐々木の青眼の構えが乱れた。

この一瞬の隙を、糸川がとらえた。

タアッ！

糸川は鋭い気合を発し、踏み込みざま斬り込んだ。

青眼から袈裟へ――。

稲妻のような閃光がはしった。

咄嗟に、佐々木は体を引いた。一瞬の反応である。

糸川の切っ先は、佐々木の小袖を肩から胸にかけて斬り裂いた。だが、肌までは届かなかった。佐々木の動きが速かったからだ。

糸川と佐々木は、大きく間合をとった。糸川は青眼に構え、佐々木は八相にとった。刀身を垂直に立てた大きな構えである。

この間、市之介は動かなかった。糸川の仕掛けが速かったこともあるが、糸川が後れをとるようなことはないとみたからだ。

だが、次はどうなるか分からなかった。佐々木が八相からどう仕掛けてくるか、読めなかったからだ。

糸川と佐々木は、青眼と八相に構えて対峙していたが、ふたりはほぼ同時に動いた。ふたりとも、摺り足で間合を狭め始めたのだ。

ふたりが一足一刀の斬撃の間境まで、あと一歩ほどの間合に迫ったとき、ふたりの寄り身がとまった。このまま斬撃の間境を越えるのは、危険だと察知したらしい。

ふたりはそれぞれ青眼と八相に構え、斬撃の気配を見せたまま気魄《きはく》で攻めた。気攻《きぜ》めである。敵の気を乱してから、斬り込むつもりなのだ。

ふたりは、対峙したまま動かなかった。気魄で攻め合っている。

どれほどの時間が経過したのか――。

そのとき、遠方で、「斬り合いだ!」という声が聞こえた。近くに屋敷に奉公する中間が通りかかり、真剣を手にして対峙している糸川と佐々木を目にしたようだ。

その声に糸川と佐々木が反応し、ふたりの全身に斬撃の気がはしった。

イヤアッ!

タアッ!

ほぼ同時に、ふたりの気合が響き、体が躍った。

佐々木は、踏み込みざま八相から袈裟へ――。

糸川は、青眼から突き込むように籠手《こて》へ――。

佐々木の切っ先は、糸川の左肩をかすめて空を切り、糸川の切っ先は、佐々木の前腕を突き刺すように斬り裂いた。糸川は前に伸びた佐々木の右腕を狙ったので、切っ先がとどいたのだ。

次の瞬間、ふたりは後ろに跳んで大きく間合をとった。

ふたりは、ふたたび青眼と八相に構え合った。だが、佐々木の構えはくずれ、八相に構えた刀身が揺れていた。前腕を斬られたために、右腕が震えているのだ。

「佐々木、勝負あったぞ」

糸川が声をかけた。

「まだだ！」

叫びざま、佐々木がいきなり踏み込んできた。

そして、間合が狭まると、八相から袈裟に斬り込んだ。牽制も気攻めもない唐突な仕掛けだった。

糸川は右手に跳んで佐々木の切っ先を躱《かわ》すと、体を佐々木にむけて刀を袈裟に払った。一瞬の太刀捌きである。

糸川の切っ先が、佐々木の首をとらえた。

血が、佐々木の首から激しく飛び散った。首の血管《ちくだ》を切ったらしい。

佐々木は手にした刀を取り落とし、腰からくずれるように倒れた。

地面に俯《うつぶ》せに倒れた佐々木は、両手を地面について身を起こそうとしたが、わずかに顔が地面から離れただけだった。ぐったりしている。首から流れ出た血が、地面を赤く染めていく。

糸川と市之介は、倒れている佐々木のそばに近寄った。佐々木は俯せに倒れたまま動かなかった。息の音が聞こえない。

「死んだ」

市之介が小声で言った。

糸川は無言で、血塗《ちまみ》れになっている佐々木に目をやった。真剣勝負の気の昂《たかぶ》りが静まっていないらしく、顔が紅潮し、佐々木を見つめた双眸《そうぼう》には、鋭いひかりが宿っている。

そこへ、佐々野が走り寄り、糸川を見て安堵の色を浮かべた。

「佐々木は、どうする」

糸川が、佐々木の死体に目をやって訊いた。

「佐々木家の者が、亡骸《なきがら》を引き取りにくるだろうが、それまで邪魔にならないように道端に運んでおいてやろう」

市之介が言い、糸川、佐々野の三人で、佐々木の死体を路傍に運んだ。

第六章　死闘

1

「茂吉、出かけるか」

市之介は、青井家の玄関先に顔を見せた茂吉に声をかけた。

市之介は、糸川、佐々野と三人で、回向院の近くの松坂町一丁目に行くことになっていた。半兵衛が、松坂町一丁目に情婦《いろ》と一緒に住んでいると聞いていたのだ。その辺りは町人地なので、武家屋敷ではないはずだ。住家は、仕舞屋《しもたや》か借家であろう。

今朝、市之介が出かける仕度をしていると、縁先に茂吉が姿を見せ、「あっしも行きやす」と言い出したので、連れていくことにしたのだ。

　おみつとつるが、市之介の見送りに玄関まで来てくれた。

　市之介は、おみつとつるに見送られて屋敷を出ると、御徒町の通りを南にむかい、和泉橋の近くに出た。

　和泉橋のたもとで、糸川と佐々野が待っていた。市之介たち四人は和泉橋を渡り、柳原通りを東にむかって賑やかな両国広小路に出た。そして、大川にかかる両国橋を渡り、本所元町の通りをさらに南に向かうと、前方に回向院の堂塔が見えてきた。

　市之介たちは回向院の脇を通って、東にむかった。

　回向院の東側には、町人地がひろがっていた。行き交う人も武士はすくなく、町人がほとんどである。

「この辺りだな」

　市之介が、通りに足をとめた。

「武士が女と住んでいる家を探せばいいのだな」

　糸川が言った。

「おそらく、女は半兵衛の情婦だ。情婦を囲っている家をそれとなく訊けば、半兵衛の居所がつかめるはずだ」

市之介が、糸川たち三人に目をやって言った。

市之介たちは、一刻（二時間）ほどしたら集まることにして、その場を離れた。

ひとりになった市之介は、通りを東にむかって歩き、回向院からすこし離れた場所へ足を運んだ。情婦を囲っておくような仕舞屋は、人通りの多い回向院の近くにはないとみたのである。

市之介は道沿いにあった八百屋に立ち寄り、

「この近くに、武士が囲っている女は住んでいないか」

と、店の親爺に訊いてみた。

「一町ほど先に、妾《めかけ》の住む借家がありやすが、男が二本差しかどうか知りやせん」

親爺が、店に入ってきた年増に気を使って小声で言った。

「行ってみよう」

市之介は八百屋から離れ、通りの先へむかった。

親爺が話したとおり、通り沿いに仕舞屋があった。家は、板塀でかこわれている。家の前に、吹抜門《ふきぬきもん》があった。門といっても丸太を二本立てただけの簡素なものので、門扉もなかった。

市之介は吹抜門の丸太の脇に立って、覗いて見た。家の入口の板戸は、閉めてあった。ひっそりとして、住人がいるかどうかも分からない。

そのとき、市之介は背後に近付いてくる人の気配を感じ、刀の柄《つか》に右手を添えて振り返った。

茂吉だった。忍び足で近付いてくる。

「旦那、あっしでさァ」

茂吉が、小声で言った。

「この家に、妾が住んでいると聞いてきたのか」

「へい。……旦那も、そうですかい」

「そうだが、やけに静かだ」

市之介が、声をひそめて言った。

茂吉は市之介の脇に来て、聞き耳を立てていたが、

「だれもいねえようだ」

と、小声で言った。

「念のため、近くに住む者に訊《き》いてみるか」

市之介は、家に住んでいる女が、半兵衛の妾かどうか知りたかった。

「そうしやしょう」

市之介と茂吉はその場を離れ、さらに通りの先にむかった。いっとき歩くと、通り沿いに、搗《つ》き米屋があった。

店の親爺らしい男が、唐臼《からうす》を踏んでいる。

「親爺に、訊いてみやす」

そう言って、茂吉が搗き米屋にむかった。

市之介は、路傍に立って茂吉がもどるのを待っていた。茂吉は親爺と何やら話していたが、いっときすると、店先から離れて小走りにもどってきた。

「どうだ。何か知れたか」

市之介が訊いた。

「へい、あの家には、おすみってえ名の妾が住んでるそうでさァ」

「妾を囲っている男は」

市之介が知りたいのは、男が半兵衛かどうかである。

「搗き米屋の親爺は、男は二本差しと言ってやしたぜ」

「名は」

「親爺は、男の名は知らねえで」

「そうか。……武士なら、半兵衛とみていいだろう」

市之介は、仕舞屋に情婦を囲っておくような武士は、禄を食《は》んでいる旗本や御家人ではないとみた。それに、市之介は、この辺りに半兵衛が情婦を囲っていると聞いて来ていたのだ。

「旦那、どうしやす」

茂吉が訊いた。

「集まる場所にもどろう。ここにある家に、半兵衛の情婦が住んでいることを糸川たちに話すのだ」

市之介は糸川と相談し、この後どうするか決めるつもりでいた。

市之介と茂吉が集まる場所にもどると、糸川と佐々野の姿があった。ふたりは、市之介たちを待っていたらしい。

「半兵衛の情婦の住む家が、見つかったよ」

市之介が言った。女を囲っているのは、半兵衛に間違いない、とみたのだ。

「その家に、半兵衛はいたのか」

糸川が訊いた。

「分からん。半兵衛がいるかどうか、はっきりしないのだ」

市之介は、家に半兵衛の情婦が住んでいるとみただけである。

「半兵衛が、いるかどうか確かめたいな」

糸川が言った。

2

「あの家だ」

市之介が、通り沿いにある仕舞屋を指差して言った。

「だれも、いないのかな」

佐々野がつぶやいたとき、家のなかからかすかに物音が聞こえた。障子を開け閉めするような音である。

「だれか、いる」

市之介が、声をひそめて言った。

「情婦ではないか」

糸川は、家の戸口を見つめている。

「家の前から離れよう」

市之介はそう言って、仕舞屋の前から離れた。家にいる者に、姿を見られたくなかったのだ。糸川たちも、市之介についてきた。

市之介たちは、仕舞屋から半町ほど離れてから路傍に足をとめた。

「ともかく、あの家に住んでいる女が、半兵衛の情婦かどうかはっきりさせよう。それに、半兵衛があの家に来るのは、何時ごろかも知りたい」

市之介が言い、四人はその場で分かれて、近所で聞き込みにあたることにした。

ひとりになった市之介は、通り沿いの店に目をやりながら歩き、櫛屋《くしや》があるのを目にとめた。ちいさな店で、年増がひとりで店番をしていた。

市之介は、仕舞屋に住む情婦が、櫛屋に立ち寄ったことがあるのではないかとみて、店に近寄った。話を訊いてみようと思ったのだ。

年増は、市之介を見て怪訝《けげん》な顔をした。男が店に立ち寄るのは、珍しいのだろう。しかも、武士である。

「ちと、訊きたいことがある」

市之介が、小声で言った。

「何でしょうか」

「この先に借家があるな」

市之介が、借家のある方を指差して言った。

「はい」

「借家に武士が住んでいると、聞いてきたのだ。おれの知り合いの武士が、この辺りに住んでいるらしいのでな」

市之介は、知り合いの武士ということにしておいた。

「あの家に、お侍さまが出入りしているのを見たことがあります」

年増の顔に、好奇の色があった。武士が、妾を囲っていることを知っているようだ。

「武士の名は、知るまいな」

市之介は、念のために訊いてみた。

「お名前は、存じませんが……」

「そうか。ところで、近ごろ、その武士を見掛けたか」

「見掛けました。……昨日」

「昨日、見たのか」

市之介が、聞き返した。

「はい、お侍さまが、あの家から出て行くところを見ました。女の方が通りまで出て、見送ってましたよ」

年増は、借家に目をやりながら言った。

「その後、武士の姿は見掛けなかったか」

「見てません」

「そうか」

市之介は、がっかりした。半兵衛は、昨日妾宅を出たままもどらないらしい。

「手間をとらせたな」

市之介は櫛屋から離れ、糸川たちと別れた場所にもどった。まだ、だれもいなかった。糸川たち三人は、聞き込みにあたっているようだ。

市之介がその場にもどっていっときすると、茂吉がもどってきた。

「茂吉、何か知れたか」

すぐに、市之介が訊いた。

「昨日、半兵衛らしい二本差しが、歩いているのを見たやつがいやした。その二本差しは、竪川の方にむかったようでさァ」

「半兵衛は、妾の住む家を出たらしい」

市之介が、櫛屋の女から聞いたことを話した。

「あの家には、いねえのか」

茂吉が肩を落として言った。

それから間もなく、糸川と佐々野がもどってきた。ふたりが耳にしたことも、市之介たちと変りなかった。

「情婦の住む家を見張るか」

糸川が言った。

「今日のうちに、半兵衛があの家に帰るとは、思えんな」

市之介は、家を見張っても無駄骨だろうと思った。

「どうだ、帰りに柳橋に寄ってみないか」

市之介が言った。半兵衛は贔屓《ひいき》にしている賀島屋に立ち寄ったかもしれない。

「帰り道だ。賀島屋で、訊いてみよう」

糸川が言った。

市之介たちは、竪川沿いの通りに出てから西にむかい、大川にかかる両国橋を渡った。そして、賑やかな両国広小路に出てから神田川にかかる柳橋を渡り、大川端の道に足をむけた。

大川端の道を川上にむかっていっとき歩いてから、左手の通りに入った。その通りの先に、賀島屋がある。

市之介たちは賀島屋の手前まで来ると、路傍に足をとめた。

「あいかわらず、賀島屋は繁盛しているようだ」

糸川が言った。

賀島屋の二階の座敷から、客たちの談笑の声や芸者と思われる嬌声《きょうせい》などが賑やかに聞こえてきた。

「店に入って訊くわけには、いかないな」

市之介は、話の聞けそうな客か女将が店から出てくるのを待つしかないと思った。

市之介たちが、その場に立っていっときすると、賀島屋から商家の旦那らしいふたりの男、それに女中と女将が出てきた。

ふたりの男は、女将と何やら話していたが、いっときすると、店の入口から離れた。

「おれが、訊いてみる」

そう言って、市之介は賀島屋にむかったが、女将と女中は店に入ってしまった。

仕方なく、市之介はふたりの男の後を追った。

「しばし、しばし」

市之介は、ふたりの背後から声をかけた。

すると、ふたりは足をとめて振り返った。

「てまえたちですか」

大柄な男が、訊いた。もうひとりは、痩身だった。ふたりとも、五十がらみらしい。商談のために、賀島屋で飲んだのかもしれない。

「賀島屋の客のことで、ちと、訊きたいことがあってな」

市之介が言った。

「何でしょうか」

大柄な男の顔に、不安そうな色があった。夜中に、見ず知らずの武士に呼び止められれば、不安になって当然だろう。

「賀島屋で、武士を見掛けなかったか。おれの知り合いの武士が、賀島屋に来ているはずなのだ」

市之介は、半兵衛が来ているかどうか、知らなかったが、そう訊いたのだ。

「お武家さまですか。……見掛けませんでしたが」

大柄な男が言うと、脇にいた痩身の男が、

「一昨日なら、見掛けましたよ」

と、口を挟んだ。

「見掛けたか。森谷という名だが……。名を耳にしたかな」

「名は分かりません。廊下でお見掛けしましたが、眉の濃い方でした」

痩身の男が言った。

……半兵衛だ！

市之介は、胸の内で声を上げた。

「おれの知りあいの武士ではないようだ」

市之介はとぼけてそう言い、ふたりに礼を言ってその場を離れた。

市之介は、糸川たちのそばにもどると、

「一昨日、半兵衛は賀島屋に来たようだ。ひとりでな」

そう言って、顔を厳しくした。

半兵衛は変っていない、と市之介は思った。半兵衛は仲間たちがいなくなって、ひとりになった今も、情婦を囲い、料理屋に出入りしているのだ。

3

市之介が朝餉《あさげ》を終えて座敷でくつろいでいると、縁先に走り寄る足音がした。茂吉らしい。

足音は縁先でとまり、

「旦那！　青井の旦那」

と、呼ぶ茂吉の声が聞こえた。いつもとちがって、ひどく慌てている。何かあったらしい。

市之介は立ち上がり、すぐに障子を開けた。茂吉が縁側の先で足踏みしている。

「旦那、大変でさァ！」

茂吉が市之介を見るなり言った。

「どうした、茂吉」

市之介が訊いた。

「また、辻斬りでさァ！」

「なに！　辻斬りだと」

市之介の胸に、半兵衛のことがよぎった。

「新シ橋の近くでさァ」

茂吉が、身を乗り出して言った。新シ橋は、神田川にかかる橋である。青井家の屋敷から近い。

「行ってみよう」

市之介は、茂吉に玄関で待つように話し、すぐに座敷にもどった。そして、市之介は大小を手にし、奥の座敷にいるおみつとつるに、

「伯父上に依頼されている件で、出かけてくる」

とだけ伝え、玄関にむかった。

おみつとつるは、おろおろしながら市之介についてきた。

ふたりは市之介につづいて玄関から出ると、表門にむかう市之介を心配そうな顔で見送った。

市之介は茂吉とともに御徒町通りを南にむかい、神田川にかかる和泉橋のたもと近くに出た。

「こっちで」

茂吉が先にたち、和泉橋を渡らずに神田川沿いの道を東にむかった。

市之介と茂吉は、足早に歩いた。いっときすると、前方に新シ橋が見えてきた。橋のたもとに人だかりができている。

「あそこだな」

市之介と茂吉は、さらに足を速めた。

「糸川の旦那が、いやすぜ」

茂吉が人だかりを指差して言った。

その人だかりのなかに、糸川の姿があった。

「佐々野も、来ている」

市之介が言った。糸川のそばに、佐々野の姿もあった。ふたりは、辻斬りに殺されたと聞いて、駆け付けたのだろう。

八丁堀同心の姿もあった。同心は、すこし離れた場所の別の人だかりのなかにいた。そこでも、誰か殺されているらしい。

市之介と茂吉が、糸川たちのいる場所に近付くと、

「ここだ」

糸川が、手を上げた。糸川は殺された被害者のそばにいるらしい。

市之介は、人だかりを分けるようにして糸川に近付いた。

糸川の足許に、男がひとり俯《うつぶ》せに倒れていた。男の首の辺りに、どす黒い血が激しく飛び散っていた。首を斬られたらしい。

男は小袖に羽織姿だった。商家の旦那ふうの身形《みなり》である。

「この男は」

市之介が、糸川に訊いた。

「名は、久兵衛《きゅうべえ》。佐田屋《さだや》という呉服屋の主人らしい」

糸川によると、佐田屋のことを知っている岡っ引きが、話しているのを耳にしたという。

「下手人は」

市之介が、小声で訊いた。

「この傷を見てみろ」

糸川が、俯せに倒れている男の肩をつかんで体を横にした。

男は、首を横に一太刀で斬られていた。ひらいた傷口から、切断された首の骨が白く覗いている。

「斬ったのは、半兵衛か！」

市之介は、その切り口から、下手人は半兵衛とみた。

「おれも、半兵衛の仕業とみた」

「ひとりになっても、半兵衛は辻斬りをつづけるのか」

市之介は、強い怒りを覚えた。

「久兵衛は、財布を抜かれている。半兵衛は久兵衛を殺し、財布を奪ったのだ」

「何としても、半兵衛を討たねばならぬ」

市之介が、語気を強くして言った。

「もうひとり、殺されているが、見てみるか」

そう言って、糸川が立ち上がった。

市之介と糸川は、すこし離れた場所の人だかりに近付いた。先にたった佐々野が人だかりに割り込んで、市之介と糸川を通してくれた。

若い男が、地面に俯せに倒れていた。手代らしい身形である。

「手代の栄次郎《えいじろう》です」

佐々野が言った。

「背後から袈裟《けさ》に一太刀か」

市之介は、栄次郎の刀傷を見て言った。

肩から背にかけて、袈裟に斬られていた。深い傷だった。出血が激しく、小袖がどっぷりと血を吸っている。地面にも、広範囲に血が飛び散っていた。

「手代も、半兵衛に斬られたのだな」

市之介が言った。下手人は、まず久兵衛を斬り、逃げる手代の栄次郎を背後から袈裟に斬ったらしい。

「半兵衛はひとりになっても、まだ辻斬りをつづけるつもりか」

市之介の双眸《そうぼう》が、強い怒りに燃えるようにひかっている。

4

呉服屋の主人の久兵衛と手代の栄次郎が殺された二日後、市之介は、網代笠《あじろがさ》をかぶって青井家の屋敷を出た。茂吉は、菅笠《すげがさ》をかぶっている。遠目に、それと知れないように顔を隠したのだ。

ふたりが和泉橋のたもとまで行くと、糸川と佐々野が待っていた。糸川たちも、網代笠をかぶっていた。

市之介たち四人は、松坂町一丁目に行くつもりだった。半兵衛の情婦の住む家に、半兵衛がいるかどうか確かめ、いれば討つつもりでいた。

「雨はどうかな」

糸川が、頭上を見上げて言った。空は厚い雲に覆われていた。今にも雨が降ってきそうである。

「何とか持つだろう」

市之介が、東の空を指差した。

東の空は雲の切れ間があり、淡い陽が差し込んでいる。

「雨が降っても、笠がある」

歩きながら、糸川が言った。

市之介たちはそんな話をしながら神田川沿いを歩いているうちに、新シ橋のたもとに出た。

市之介たちは橋を渡り、柳原通りを経て賑やかな両国広小路に入った。さらに東にむかい、大川にかかる両国橋を渡った。そして、本所元町の通りを南にむかい、回向院の脇を通って東側の町人地に出た。

「こっちだ」

市之介が、先にたった。

市之介たちはさらに東にむかって歩き、道沿いにあった八百屋の脇に足をとめた。その八百屋は、市之介が半兵衛の妾の住む家のことを訊いた店だった。一町ほど先に、妾の住む借家がある。

「ここにいてくれ。おれが、妾の家を見てくる」

市之介は糸川たちをその場に残し、ひとりで妾の住む家にむかった。市之介は通行人を装って、妾の住む家に近付いた。戸口の板戸は、しまっている。

市之介は歩調を緩め、吹抜門の入口の丸太に身を寄せた。聞き耳を立てると、家のなかからかすかに物音が聞こえた。障子をあけるような音である。その音がやむと、家はひっそりと静まった。

……情婦しか、いないようだ。

市之介は胸の内でつぶやき、踵《きびす》を返した。

糸川たちのいる場にもどり、

「家にいるのは、情婦だけらしい」

と、糸川たちに言った。

「どうする」

糸川が、その場にいる男たちに目をやって訊いた。

「念のため、近所で聞き込んでみますか」

佐々野が言った。

「そうしよう」

市之介が言うと、男たちがうなずいた。

市之介は茂吉とふたりでその場を離れ、来た道を引き返した。糸川は佐々野と一緒に通りの先に足をむけた。

市之介たちは妾の住む家のそばからいっとき歩き、道沿いにあった搗《つ》き米屋《こめや》に立ち寄った。店の親爺らしい男が、唐臼の脇に立って通りに目をやっている。

「米屋の親爺に、訊いてみるか」

そう言って、市之介が店に近寄った。

親爺は驚いたような顔をして、店先まで出てきた。武士が、店に立ち寄ることなどなかったのだろう。

「ちと、訊きたいことがある」

市之介が、戸口に立って言った。茂吉は市之介の脇に控えている。

「何でしょうか」

親爺が、腰を低くして訊いた。

「この先に、借家があるな」

市之介が、借家のある方を指差した。借家は、遠方に小さく見える。

「ありやす」

「あの家に、武士の情婦が住んでいるのだが知っているか」

「知ってやす」

親爺によると、借家の近所の住人が米を買いに立ち寄り、借家に住む女や出入りする武士の噂をしているのを耳にすることがあるという。

「借家に住む女も、米を買いに来ることがあるのではないか」

市之介が訊いた。

「滅多に来ねえが、米を買いに来たこともありやす。……ただ、おすみさんは、余分なことは口にしねえんでさァ」

親爺が、小声で言った。

「おすみという名だったな」

「そうでさァ」

「半兵衛の姿を見掛けることがあるか」

市之介が、声をあらためて訊いた。

「ありやす。おすみさんの情夫《いろ》の二本差は、陽が沈むころ来ることが多いようですぜ」

親爺によると、情夫が借家を出るときは朝が多いという。

「そうか」

半兵衛を討つためには、陽が沈むころ来るしかない、と市之介は思った。

市之介と茂吉は搗き米屋を出ると、糸川たちと別れた場にもどった。まだ、ふたりともいなかった。聞き込みからもどってないらしい。

市之介たちが路傍に立っていっときすると、糸川と佐々野がもどってきた。ふたりは市之介たちの姿を目にすると小走りになった。

市之介はふたりが近付くのを待ち、

「おれから話そう」

と言って、搗き米屋の親爺から聞いたことを一通り話した。

「おれも、半兵衛が妾の家に来るのは、陽が沈むころと訊いた」

糸川が言うと、佐々野が頷いた。

「明日、陽が沈むころ来てみるか」

市之介が言うと、その場にいた三人の男がうなずいた。

5

翌日、市之介は茂吉を連れ、陽が西の空に傾いたころ青井家の屋敷を出た。神田川沿いの通りを東にむかって歩くと、新シ橋のたもとに糸川と佐々野の姿があった。先に来て、市之介たちを待っていたらしい。

「半兵衛はいるかな」

糸川が言った。

「ともかく、おすみの住む家に行ってみよう」

市之介たちは、神田川沿いの道を東にむかった。

大川にかかる両国橋を渡り、回向院の脇を通って町人地に入った。そして、半兵衛の妾の住む家の近くまで来て、路傍に足をとめた。

「半兵衛は、いるかな」

市之介が西の空に目をやって言った。

陽は家並の向こうに沈み、通り沿いの家々は淡い夕闇につつまれていた。店の多くが、表戸を閉めている。灯が洩れているのは、飲み屋や小料理屋などである。

「行ってみよう」

　市之介たちは、足音を忍ばせて妾の住む家に近付いた。

家の表戸の隙間から、淡い灯が洩れていた。市之介たちが吹抜門の前まで来ると、家のなかから話し声が聞こえた。

男と女の声である。会話のなかに、「おまえさん」と呼ぶ、女の甘えるような声が聞こえた。

「半兵衛がいる！」

市之介が声を殺して言った。

そばにいた糸川たち三人が、無言でうなずいた。

「踏み込むか」

糸川が、市之介に訊いた。

「いや、おれが外に呼び出す」

市之介は、そう言った後、

「半兵衛は、おれが斬る」

と、語気を強くして言い添えた。

「半兵衛は強敵だぞ」

「分かっている。半兵衛と立ち合って、勝負したいのだ。……おれが遅れをとったら、糸川と佐々野のふたりで、半兵衛を討ち取ってくれ」

「いや、青井が危ういとみたら、加勢する」

糸川が、いつになく強い声で言った。

「勝手にしてくれ」

市之介は、糸川をとめることはできないとみた。ただ、半兵衛と一対一で向き合って勝負すれば、糸川と佐々野が助太刀にくわわるのはむずかしいだろう。

「半兵衛を外に呼び出す」

そう言って、市之介はひとり吹抜門から入り、家の戸口にむかった。

戸口の板戸はしまっていたが、家のなかから男と女の話し声が聞こえた。男は聞き覚えのある半兵衛の声である。

市之介は板戸の前まで来ると、家のなかの様子を窺ってから戸をあけた。敷居につづいて狭い土間があり、土間の先が座敷になっていた。

座敷に年増と半兵衛の姿があった。年増はおすみであろう。半兵衛は、杯を手にしていた。おすみは、徳利を持っている。半兵衛は、おすみを相手に酒を飲んでいたらしい。

「青井か！」

半兵衛が声を上げた。

おすみが、目を剝いて市之介を見た。手にした徳利が、とまったままである。

「半兵衛、表へ出ろ！　それとも、ここでやるか」

市之介が、半兵衛を見すえて言った。

半兵衛は戸惑うような顔をしたが、

「表に出よう」

と言って、手にしていた杯をおすみに渡し、膝の脇に置いてあった大刀を手にして立ち上がった。

「お、おまえさん、やめておくれ」

おすみが、声を震わせて言った。

「おすみ、こやつを始末して、すぐもどる。それまで、ひとりで一杯やっていろ」

半兵衛はそう言い置き、大刀を手にしたまま戸口に足をむけた。

市之介は、先に敷居を跨《また》いで外に出た。そして、吹抜門の近くまでいって足をとめた。

半兵衛は戸口から外に出ると、市之介にむかって歩きだしたが、すぐにその足がとまった。市之介の後方にいる糸川と佐々野の姿を目にしたのだ。

「大勢で、騙し討ちか！」

半兵衛が、憤怒に顔を染めて叫んだ。

「騙し討ちではない。おぬしと勝負するのは、おれひとりだ」

そう言って、市之介は半兵衛に体をむけ、抜刀体勢をとった。

「うぬら、一人残らず、討ち取ってくれる！」

叫びざま、半兵衛は刀を抜いた。

すかさず、市之介も抜刀し、切っ先を半兵衛にむけた。

ふたりの間合は、四間ほどもあった。ふたりとも抜き身を手にしたが、すぐに構えをとらなかった。

「いくぞ！」

市之介が青眼《せいがん》に構え、摺《す》り足で半兵衛との間合をつめ始めた。

すかさず、半兵衛も八相《はっそう》に構えをとった。以前、市之介と立ち合ったときと、同じ構えである。

市之介は半兵衛との間合を三間ほど残して、足をとめた。一足一刀の斬撃の間《ま》境の外である。

ふたりは、全身に気勢を漲《みなぎ》らせ、斬撃の構えをとったまま気魄《きはく》で攻めた。気魄で威圧し、敵に恐れを生じさせるのだ。

だが、ふたりとも動じなかった。いまにも、斬り込んでいくような気配を見せ、敵を気魄で攻めている。

どれほどの時間が経過したのか。ふたりは気魄で攻めることに集中し、時間の経過の意識はなかった。

そのとき、通りの先で「斬り合いだ！」という声が聞こえた。通りかかった者が、真剣を手にして対峙《たいじ》している市之介と半兵衛の姿を目にしたらしい。

その声で、ほぼ同時に市之介と半兵衛の全身に斬撃の気がはしった。

イヤアッ！

タアッ！

ふたりはほぼ同時に裂帛《れっぱく》の気合を発し、斬り込んだ。

市之介は、青眼から袈裟へ――。

半兵衛は八相から袈裟へ――。

二筋の閃光が稲妻のように疾《はし》り、ふたりの刀身が眼前で合致し、青火が散った。

次の瞬間、ふたりは二の太刀《たち》をはなった。

身を引きざま、市之介は両腕を伸ばして刀身を袈裟に払い、半兵衛は横に払った。

市之介の切っ先は、半兵衛の左の肩先をとらえ、半兵衛の切っ先は、市之介の脇腹をかすめて空を切った。

市之介は前屈《まえかが》みになった半兵衛の肩先を狙ったため切っ先がとどいたが、半兵衛は胴を狙って横に払ったため、とどかなかったのだ。

半兵衛は体勢を取り直して身を引き、ふたたび八相に構えた。だが、左肩を斬られたため、構えがくずれ、刀身が震えていた。

市之介は青眼に構え、切っ先を半兵衛にむけたまま、

「半兵衛、勝負あったぞ。刀を引け！」

と、声をかけた。

「まだだ！」

叫びざま、半兵衛が仕掛けた。

八相から袈裟へ──。

気攻めも牽制もない唐突な仕掛けだった。捨て身の攻撃といっていい。だが、

迅《はや》さも鋭さもなかった。

市之介は右手に一歩体を寄せ、手にした刀を袈裟に払った。

その切っ先が、踏み込んできた半兵衛の首をとらえた。

ピッ、と血が飛んだ次の瞬間、半兵衛の首から血が激しく流れ出た。首の血管《ちくだ》を斬ったらしい。

半兵衛は血を撒《ま》きながらよろめき、足がとまると、腰から崩れるように倒れた。地面に、腹這いになった半兵衛は、両手を地面につき、首を擡《もた》げて立ち上がろうとしたが、すぐにぐったりとなった。

市之介は、血刀を引っ提げたまま半兵衛の脇に立った。

半兵衛は、まだ息をしていたが、首を擡げることもできなかった。

市之介は止めを刺してやろうと思い、

「成仏するがいい」

と、言いざま、背後から半兵衛の心ノ臓の辺りを突き刺した。

半兵衛は、顎を前に突き出すようにして、グッという呻《うめ》き声を洩らしたが、地面に俯せになり、いっときすると動かなくなった。

「死んだ」

市之介がつぶやいたとき、糸川、佐々野、茂吉の三人が走り寄った。

市之介は、手にした刀を振って付着した血を切ってから納刀し、

「長居は、無用」

と、糸川たちに声をかけて歩きだした。

市之介たち四人は、淡い夜陰につつまれた通りを足早に遠ざかっていく。

6

半兵衛を斬った三日後、市之介は遅い朝餉《あさげ》を食べた後、やることもなく、座敷で寝転がっていた。

そのとき、玄関に近寄ってくる足音がした。ふたり来るらしい。

市之介が耳を澄ましていると、玄関先で訪問《おとない》を乞う声がした。糸川である。

すぐに、廊下で足音がした。おみつらしい。おみつは、玄関に向うようだ。

市之介は立ち上がった。玄関に出て、おみつといっしょに糸川たちを出迎えてやろうと思ったのだ。

市之介が玄関に出ると、おみつが糸川と佐々野を前にして話していた。

糸川は、市之介を目にすると、

「昨日、御目付の大草さまにお会いし、事件の始末がついたことをお話ししたのだ。そのことを青井にも、話しておこうと思ってな」

そう言って、照れたような顔をした。そばに、妹のおみつがいたからだろう。

「ともかく、上ってくれ」

市之介は、糸川と佐々野に声をかけた。そして、おみつと一緒に、糸川と佐々野を庭に面した座敷に上げた。

座敷までいっしょに来たおみつが、

「お茶を淹《い》れましょうか」

と、小声で市之介に訊いた。

「頼む」

市之介は、茶でも飲みながらふたりと話そうと思った。それに、おみつがいない方が、糸川たちと話しやすいこともある。

「母上にもお話しして、お茶をお淹れします」

そう言い残し、おみつは座敷を後にした。

市之介は、糸川と佐々野が座敷に腰を落ち着けるのを待って、

「それで、伯父上に、どんなことを話したのだ」

と、糸川に訊いた。

「辻斬りの仲間たちが、幕臣だったことをお話ししたのだ」

「そうか。伯父上も、驚かれたろうな」

市之介の伯父の大草は御目付で、旗本を監察糾弾《きゅうだん》する役だが、御目見以下の幕臣を取り締まる徒目付や小人目付も支配している。見方によっては幕臣のほとんどを監察糾弾していることになる。

「いや、それほど驚かれた様子はなかった。それに、幕臣が辻斬りにかかわっていたことは、知っておられたのだ」

「伯父上の耳にも、入っていたのだろうな」

市之介は、伯父の大草に事件の探索に当たるよう指示されたとき、大草が、辻斬りは幕臣らしいと口にしたことを思い出した。

「大草さまに、辻斬りの頭目格で、人斬り半兵衛と呼ばれている男を青井が討ち取ったことをお話ししたのだ」

「おれひとりで、討ち取ったわけではない」

「青井が真剣で立ち合いを挑み、半兵衛を斬ったのではないか」

「まァ、そうだが、糸川や佐々野がそばにいて加勢してくれたから、何とか討てたのだ」

市之介が、照れたような顔をして言った。

すると、黙って聞いていた佐々野が、

「それがしも、剣術の稽古をして強くなりたい」

と、身を乗り出すようにして言った。

「佐々野は、これからだ。稽古をすれば、いくらでも強くなれる」

市之介がそう言ったとき、廊下を歩くふたりの足音がした。

障子があいて姿を見せたのは、おみつとつるだった。おみつが、湯飲みをのせた盆を手にしていた。茶を淹れてくれたらしい。

おみつとつるは座敷に入ってくると、市之介の脇に座し、

「お茶が入りましたよ」

つるが、言った。

すぐに、おみつが湯飲みを手にし、糸川と佐々野の膝先に置いた。そして、最後に市之介にも茶を出してから、脇に座った。男たちに目をむけられ、恥ずかしそうに頰を赤らめている。

「彦次郎どの、佳乃はどうですか。あの子は、大きくなってもわがままなところがあるので、心配しているのです」

つるが、佐々野に目をやって訊いた。つるの娘の佳乃は、佐々野家に嫁にいっていたのだ。

「佳乃は、よくやってくれるので、助かっています」

佐々野が、顔を赤らめて言った。

「それなら、いいんですけど。……彦次郎どの、何かあったら言ってくださいね。言いづらかったら、市之介に話してもいいんですよ」

そう言って、つるは脇に座している市之介に目をやった。

「母上、佳乃は心配ありません。彦次郎は事件にあたってもよくやってくれるし、佳乃にも、尽くしてくれてるようですから」

市之介が言った。

「心配することは、ありませんね」

そう言って、つるは、いっとき口をつぐんでいたが、

「市之介から聞いたんですけど、兄上から頼まれた仕事の始末がついたそうですね」

と、糸川と佐々野に目をやって訊いた。

ふたりは、無言でうなずいた。

「市之介も、色々苦労したようですし……。皆さんの労をねぎらいたいと、おみつと相談してたんですよ」

そう言って、つるはいっとき間を置き、

「ねえ、料理屋さんにでも、行きましょうか。おみつと佳乃もいっしょに、みんなで美味《おい》しいものを食べましょう」

と、男たちに目をやって言った。

「美味しいものねえ」

市之介は、気乗りのしない声で言った。こうして、糸川や佐々野が集まると、つるは屋敷を出て、寺社の参詣や料理屋に食べに行ったりすることをよく口にする。それだけ、屋敷に籠っているのは退屈なのだろうが、市之介は、女の供をして出かけるのは遠慮したかった。糸川と佐々野も、そうだろう。

次に口をひらく者がなく、座敷が沈黙につつまれたとき、

「そうだ。柳橋に美味しい料理屋があると聞きましたよ。そこに、行ってみますか」

と、糸川が思い付いたように言った。

「糸川どの、行きましょう」

つるが、身を乗り出して言った。

市之介が渋い顔をして、

「糸川、料理屋の名は」

と、小声で訊いた。

糸川は市之介に身を寄せ、

「賀島屋だよ。おれは、前々から、一度客として店に入ってみたいと思っていたのだ」

と、声をひそめて言った。

「行ってみるか」

市之介の胸の内にも、客として賀島屋で一杯やってみたい、という思いがあったのだ。

佐々野も同じ思いがあるらしく、市之介に目をむけてちいさくうなずいた。

本書は書き下ろしです。

実業之日本社文庫　好評既刊

鳥羽 亮
残照の辻 剣客旗本奮闘記
暇を持て余す非役の旗本・青井市之介が世の不正と悪を糾す！ 秘剣「横雲」を破る策とは!? 等身大のヒーロー誕生。（解説・細谷正充）
と21

鳥羽 亮
茜色の橋 剣客旗本奮闘記
目付影働き・青井市之介が悪の豪剣「二段突き」と決死の対決！ 花のお江戸の正義を守る剣と情。時代書き下ろし、待望の第2弾。
と22

鳥羽 亮
蒼天の坂 剣客旗本奮闘記
敵討ちの助太刀いたす！ 槍の達人との凄絶なる決闘。目付影働き・青井市之介が悪を斬る時代書き下ろしシリーズ、絶好調第3弾。
と23

鳥羽 亮
遠雷の夕 剣客旗本奮闘記
目付影働き・青井市之介が剛剣〝飛猿〟に立ち向かう！ 悪をズバっと斬り裂く稲妻の剣。時代書き下ろしシリーズ、怒涛の第4弾。
と24

鳥羽 亮
怨み河岸 剣客旗本奮闘記
浜町河岸で起こった殺しの背後に黒幕が!? 非役の旗本・青井市之介の正義の剣が冴えわたる、絶好調時代書き下ろしシリーズ第5弾！
と25

実業之日本社文庫　好評既刊

鳥羽亮
稲妻を斬る　剣客旗本奮闘記
非役の旗本・青井市之介が廻船問屋を強請る巨悪の正体に迫る。草薙の剣を遣う強敵との対決の行方は!? 時代書き下ろしシリーズ第6弾!

と26

鳥羽亮
霞を斬る　剣客旗本奮闘記
非役の旗本・青井市之介は武士たちの急襲に遭い、絶体絶命の危機。最強の敵・霞流しとの対決はいかに。時代書き下ろしシリーズ第7弾!

と27

鳥羽亮
白狐を斬る　剣客旗本奮闘記
白狐の面を被り、両替屋を襲撃した盗賊・白狐党。非役の旗本・青井市之介は強靭な武士集団に立ち向かう。人気シリーズ第8弾!

と28

鳥羽亮
怨霊を斬る　剣客旗本奮闘記
総髪が頬まで覆う牢人。男の稲妻のような斬撃が朋友・糸川を襲う……。殺し屋たちに、非役の旗本・市之介が立ち向かう!　シリーズ第9弾。

と29

鳥羽亮
妖剣《ようけん》跳《おど》る　剣客旗本奮闘記
血がたぎり、斬撃がはしる!!　大店を襲撃、千両箱を奪う武士集団・憂国党。市之介たちは奴らを探るも、逆襲を受ける。死闘の結末は!?　人気シリーズ第10弾。

と210

実業之日本社文庫　好評既刊

鳥羽 亮
くらまし奇剣　剣客旗本奮闘記

日本橋の呉服屋が大金を脅しとられた。非役の旗本・市之介は探索にあたるも…。大店への脅迫、斬殺される武士、二刀遣いの強敵。大人気シリーズ第11弾！

と2 11

鳥羽 亮
三狼鬼剣　剣客旗本奮闘記

深川佐賀町で、御小人目付が喉を突き刺された。連続殺人と強請り。非役の旗本・青井市之介は、悪党たちを追いかけ、死闘に挑む。シリーズ第一幕、最終巻！

と2 12

鳥羽 亮
剣客旗本春秋譚

朋友・糸川の妹・おみつを妻に迎えた非役の旗本・青井市之介のもとに事件が舞い込む。殺し人たちの元締「闇の旦那」と対決!! 人気シリーズ新章開幕、第一弾！

と2 13

鳥羽 亮
剣客旗本春秋譚　武士にあらず

両替屋に夜盗が押し入り、手代が斬られ、千両箱ふたつが奪われた。奴らは何者で、何が狙いなのか。市之介が必殺の剣・霞袈裟に挑む。人気シリーズ第二弾!!

と2 14

鳥羽 亮
剣客旗本春秋譚　剣友とともに

老舗の呉服屋の主人と手代が殺された。探索を続ける中、今度は糸川の配下の御小人目付が惨殺された。糸川らは敵を討つと誓う。人気シリーズ新章第三弾!!

と2 15

実業之日本社文庫　好評既刊

井川香四郎
菖蒲侍　江戸人情街道
もうひと花、咲かせてみせる！　花菖蒲を将軍に献上するため命がけの旅へ出る田舎侍の心意気——名手が贈る人情時代小説集！（解説・細谷正充）
い10 1

井川香四郎
ふろしき同心　江戸人情裁き
嘘も方便——大ぼら吹きの同心が人情で事件を裁く！表題作をはじめ、江戸を舞台に繰り広げられる人間模様を描く時代小説集。（解説・細谷正充）
い10 2

井川香四郎
桃太郎姫　もんなか紋三捕物帳
男として育てられた桃太郎姫が、町娘に扮して岡っ引の紋三親分とともに無理難題を解決！　歴史時代作家クラブ賞・シリーズ賞受賞の痛快捕物帳シリーズ。
い10 3

井川香四郎
桃太郎姫七変化　もんなか紋三捕物帳
綾歌藩の若君・桃太郎、実は女だ。十手持ちの紋三のもとでおんな岡っ引きとして、仇討、連続殺人など、次々起こる事件の〈鬼〉を成敗せんと大立ち回り！
い10 4

井川香四郎
桃太郎姫恋泥棒　もんなか紋三捕物帳
綾歌藩の跡取りの若君・桃太郎は、実は女。十手持ち紋三親分のもとで、おんな岡っ引きとして江戸の悪に立ち向かう！　人気捕物帳シリーズ第三弾！
い10 5

実業之日本社文庫　好評既刊

井川香四郎
桃太郎姫暴れ大奥
男として育てられた若君・桃太郎。将軍暗殺の陰謀を未然に防ぐべく、「部屋子」の姿に扮して、単身大奥に潜入するが……。大人気シリーズ新章、待望の開幕！
い10 6

伊東 潤
敗者烈伝
歴史の敗者から人生を学べ！ 古代から幕末・明治まで、日本史上に燦然と輝きを放ち、敗れ去った英雄たちの「敗因」に迫る歴史エッセイ。（解説・河合 敦）
い14 1

宇江佐真理
おはぐろとんぼ　江戸人情堀物語
堀の水は、微かに潮の匂いがした――薬研堀、八丁堀、夢堀……江戸下町を舞台に、涙とため息の日々に訪れる小さな幸せを描く珠玉作。（解説・遠藤展子）
う2 1

宇江佐真理
酒田さ行ぐさげ　日本橋人情横丁
この町で出会い、あの橋で別れる――お江戸日本橋に集う商人や武士たちの人間模様が心に深い余韻を残す、名手の傑作人情小説集。（解説・島内景二）
う2 2

宇江佐真理
為吉　北町奉行所ものがたり
過ちを一度も犯したことのない人間はおらぬ――与力、同心、岡っ引きとその家族ら、奉行所に集う人間模様。名手が遺した感涙長編。（解説・山口恵以子）
う2 3

実業之日本社文庫　好評既刊

倉阪鬼一郎
しあわせ重ね　人情料理わん屋
身重のおみねのために真造の妹の真沙が助っ人に。そこへおみねの弟である文佐も料理の修行にやって来たことで、幸せが重なっていく。江戸人情物語。
く46

吉田雄亮
俠盗組鬼退治
強盗頭巾たちに襲われた若侍の手にはなぜか富くじの木札が。江戸の諸悪を成敗せんと立ち上がった富豪旗本と火盗改らが謎の真相を追うが……痛快時代小説！
よ51

吉田雄亮
俠盗組鬼退治　烈火
俠盗組を率いる旗本・堀田左近の周辺で立て続けに火事が。これは偶然か、それとも…!?　闇にうごめく悪と仕置人たちとの闘いを描く痛快時代活劇！
よ52

吉田雄亮
俠盗組鬼退治　天下祭
銭の仇は祭りで討て！　札差が受けた不当な仕置きに山師旗本と人情仕事人が調べに乗り出すが、神田祭が突然の危機に…痛快大江戸サスペンス第三弾。
よ53

吉田雄亮
草同心江戸鏡
長屋の浪人にして免許皆伝の優男、裏の顔は!?　浅草は浅草寺に近い蛇骨長屋に住む草同心・秋月半九郎が江戸の悪を斬る！　書下ろし時代人情サスペンス。
よ54

実業之日本社文庫 と2 16

剣《けん》客《かく》旗《はた》本《もと》春秋《しゅんじゅう》譚《たん》　虎《こ》狼《ろう》斬《ぎ》り

2020年4月15日　初版第1刷発行

著　者　鳥《と》羽《ば》亮《りょう》

発行者　岩野裕一
発行所　株式会社実業之日本社
〒107-0062　東京都港区南青山5-4-30
CoSTUME NATIONAL Aoyama Complex 2F
電話［編集］03(6809)0473［販売］03(6809)0495
ホームページ　https://www.j-n.co.jp/
ＤＴＰ　ラッシュ
印刷所　大日本印刷株式会社
製本所　大日本印刷株式会社

フォーマットデザイン　鈴木正道（Suzuki Design）

ISBN978-4-408-55586-7（第二文芸）